단 한 줄만

내 마음에
새긴다고 해도

나민애의
인생 시
필사 노트
단 한 줄만
내 마음에
새긴다고 해도
포레스트북스

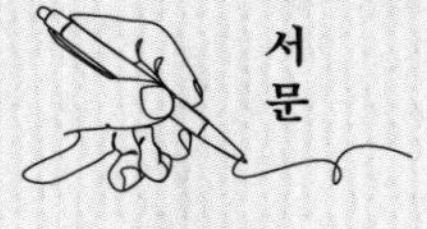

서문

다만 의미를 찾고 싶을 뿐

10년 전. 한 신문사에서 주간 시 칼럼을 써달라는 요청을 받았습니다. 시에 대한 글이라니요. 아무도 안 읽을 것 같았지만, 저는 무조건 하겠다고 했습니다. 사실, 저에게는 다른 꿍꿍이가 있었거든요.

시 칼럼을 시작하는 것이 마치 '시의 학교'에 들어가는 것처럼 느껴졌습니다. 수천 명의 시인이 교과목인 학교. 한 번이라도 빠지면 기자님에게 불려가는 학교. 그렇게 저는 매주 한 편의 시를 공부하는 학생이 되었습니다.

그렇게 연재를 이어가던 어느 날, 강연장에 소중한 분이 나타나셨어요. 그분은 제가 쓴 모든 칼럼을 한 편 한 편 오려서 꽁꽁 묶은 종이 뭉치를 내밀며 말씀하셨습니다. '이 글들이 나에게 시 같은 인생을 꿈꾸게 했다'고, '때로는 시보다 해설이 더 좋았다'고 하셨어요. 낯선 누군가가 내 마음을 알아주는 순간, 어떤 기분인지 아시나요?

눈물이 납니다. 그건 일종의 '시적인 순간'입니다. 시를 읽으면 비슷한 경험을 하거든요. 누군가 저 멀리서 내 마음을 알아줍니다. 나도 몰랐던 내 마음을 말입니다.

저는 행복한 사람이 되기를 바라지 않습니다. 다만 의미를 찾고 싶을 뿐입니다. 내 삶이, 내 존재가, 내 걸음걸음이 무의미하지 않길 바랍니다. 인생의 결론이 공허하지 않길 바랍니다. 내가 걷는 날마다의 길에 나만의 글귀와 생각과 언어를 새기고 싶습니다. '나 여기 있어' 이런 내적인 목소리를 내고 싶은 거지요.

그래서 시를 읽습니다. 어쩌다 시작되었지만 어쩌다 소중해진 인생을 위해서, '나'라는 의미를 확인하기 위해서 시를 읽습니다. 그러니 우리가 같은 시 속에서 서로 다른 의미를 줍는다고 해도 우리는 함께 기뻐할 수 있을 겁니다.

한 번뿐인 인생을 안아주세요.

당신에게 77편의 시와 77개의 마음을 바칩니다.

— 나민애

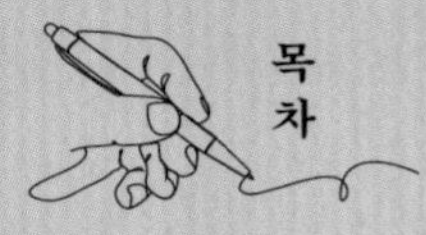

목차

Na. Min. Ae

1

처음 맛보는 시

"꽃이 피어도 즐길 시간 없고
꽃이 진대도 느낄 여유 없는 당신에게."

2
작은 위로가 필요한 날

"우리는 대단치 않은 보통의 사람이지만
옆 사람의 손은 잡아줄 수 있다."

3

사랑을 곁에 두었다

"사랑한다는 단어 하나 없이
뜨겁기만 한 말들."

4
가을이나 바람처럼 쓸쓸한 것들

"위로가 무력할 때에는
내가 아는 가장 아픈 시를 읽는다."

5

나에게 말을 건네는 시

"남의 이야기인 듯하지만
결국 나에게 돌아오는 이야기, 이것이 바로 시다."

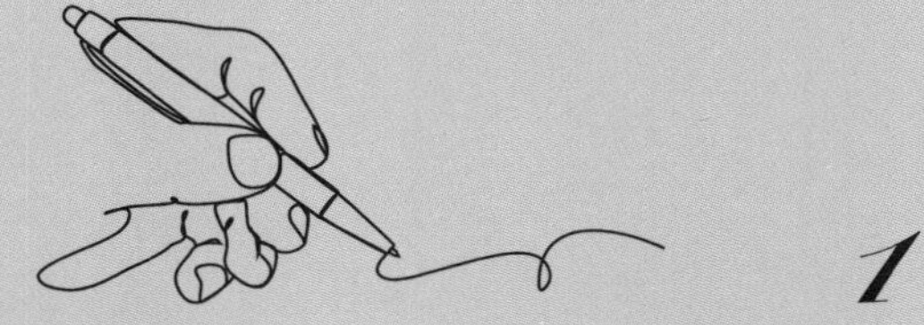

1

처음 맛보는 시

"꽃이 피어도 즐길 시간 없고
꽃이 진대도 느낄 여유 없는 당신에게."

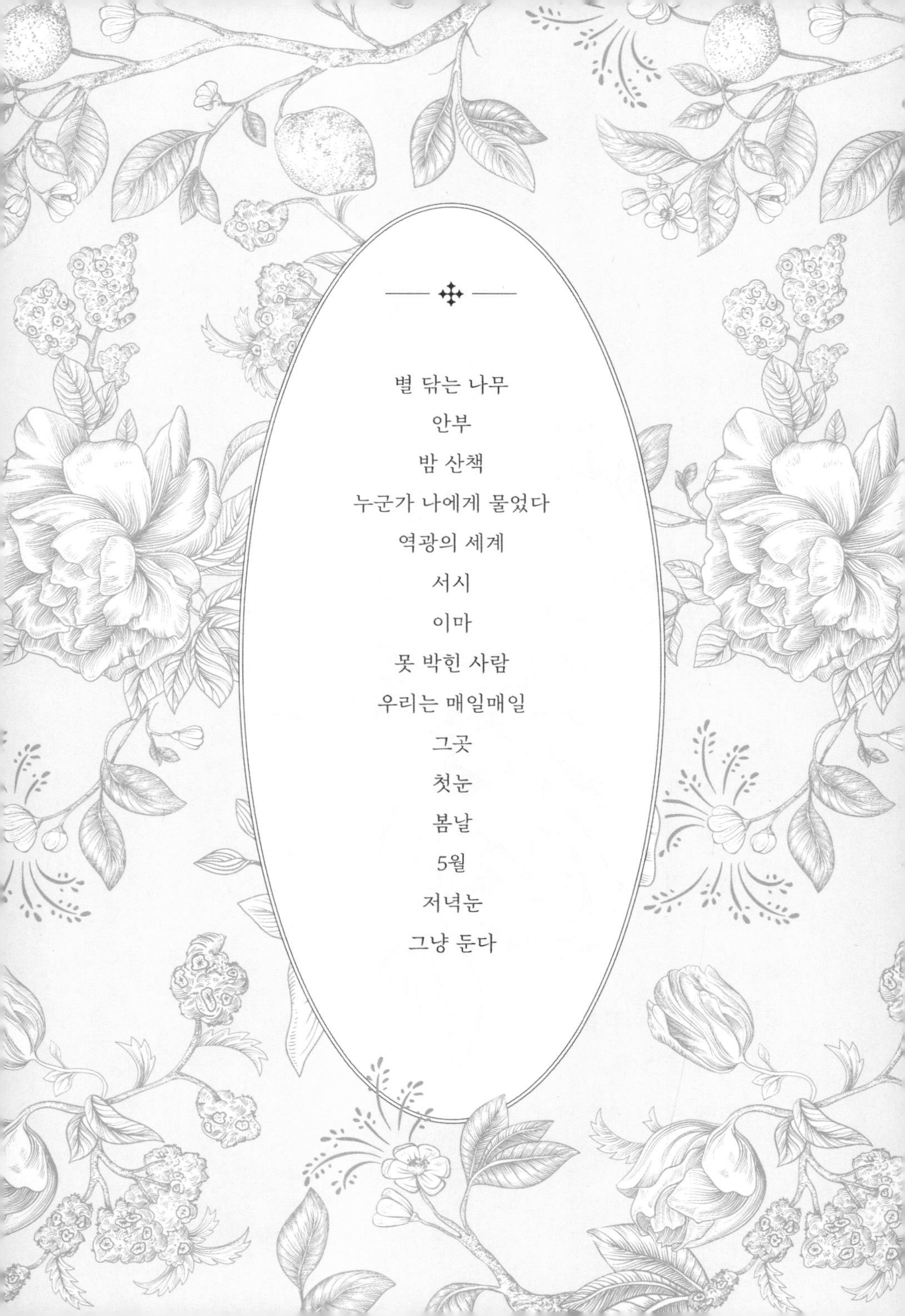

별 닦는 나무

공광규

은행나무를
별 닦는 나무라고 부르면 안 되나
비와 바람과 햇빛을 쥐고
열심히 별을 닦던 나무

가을이 되면
별가루가 묻어 순금빛 나무

나도 별 닦는 나무가 되고 싶은데
당신이라는 별을 열심히 닦다가
당신에게 순금물이 들어
아름답게 지고 싶은데

이런 나를
별 닦는 나무라고 불러주면 안 되나
당신이라는 별에
아름답게 지고 싶은 나를

시란 무엇인가? 시는 일종의 '이름 붙이기'다. 가끔 존재가 먼저인지 이름이 먼저인지 모를 정도로 이름 붙이기는 중요하다. 이름은 의미의 첫 출발점이 되어 주기 때문이다.

'동식이'라는 한 사나이에게 '아빠'라는 이름이 주어지면 어떨까. 또 그에게 '여보'라는 호칭이 주어진다면 어떨까. 동식이라는 사람은 하나지만, 부여받는 이름에 따라 존재의 의미는 변한다.

신화 속의 멋진 신들만 변신을 해내는 것은 아니다. 보통의 우리도 삶을 살아내며 변신을 한다. 지금 우리는 변신 중이어서, 그러니까 어떤 의미가 되는 중이어서 이렇게 힘이 드는지도 모른다.

이 작품도 바로 그 이름 붙이기에서 시작한다. 시인은 은행나무에 '별 닦는 나무'라는 이름을 붙여준다. 나무가 봄과 여름 내내 금빛 별을 열심히 닦아서, 은행잎에 노란 별가루가 묻었다고 한다. 가을이 되어

노랗게 물든 은행잎을 이렇게 해석하다니 시인의 시선이 신선하다.

그런데 시는 여기서 끝나지 않는다. 별 닦는 나무는 은행나무의 새로운 이름일 뿐만 아니라 한 사람의 새로운 이름이 될 수 있다. 그는 별을 닦는 은행나무처럼, 당신을 닦는 은행나무가 되고 싶다. 한 나무의 변신이 한 사람의 변신을 이끌어낸 것이다.

아, 앞으로 우리는 또 무엇이 될 수 있을까.

안부

윤진화

잘 지냈나요?
나는 아직도 봄이면서 무럭무럭 늙고 있습니다.
그래요, 근래 '잘 늙는다'는 것에 대해 고민합니다.
달이 '지는' 것, 꽃이 '지는' 것에 대해서도 생각합니다.
왜 아름다운 것들은 이기는 편이 아니라 지는 편일까요.
잘 늙는다는 것은 잘 지는 것이겠지요.
세계라는 아름다운 단어를 읊조립니다.
당신이 보낸 편지 속에 가득한 혁명을 보았습니다.
아름다운 세계를 꿈꾸는 당신에게 답장을 합니다.
모쪼록 건강하세요.
나도 당신처럼 시를 섬기며 살겠습니다.
그러니 걱정 마세요.
부끄럽지 않게 봄을 보낸 겁니다.
그리고 행복하게 다음 계절을 기다리겠습니다.

_『영원한 귓속말』, 문학동네, 2014

'시는 왜 좋은가.' 이 질문을 하고 답을 찾는 게 내 직업이다. 그래서 늘 시를 생각하지만 시가 늘 좋은 것은 아니다. 세상도, 연인도 싫어질 때가 있는데 시라고 항상 좋을 리 없다. 그런데 이런 시를 발견하면 사정이 달라진다.

'어머나!' 가슴이 쿵쾅대면서 시는 당연히 좋은 거라고 믿게 된다. '시는 왜 좋은가.' 오늘 당신이 이렇게 물으신다면 내 마음 조각이 거기 있어서 좋다고 대답하겠다. 물론 내일은 사정이 달라질 수 있다. 하지만 이 시 어느 한 구절에서 '어? 여기에 내 마음도 있네'라고 느끼신다면 당신은 이미 시를 좋아하고 있는 거다.

마흔 번째 봄, 쉰 번째 봄. 사람에게는 수없이 다양한 봄이 있다. 더 많은 봄을 안다는 말은 좀 더 늙었다는 말과 같다. 가장 어린 계절을 늙어가면서 맞이하는 기분은 상당히 묘하다. 뭐랄까, 이제는 찬란한 여름을 기대하기보다는 잘 늙고 잘 내려놓고 싶다.

나는 남몰래 혼자 '잘 늙기 캠페인'을 시작했는데 윤진화 시인의 「안부」를 읽으며 숨은 동지를 발견했다. 내 마음을 마치 나인 듯 알고 있는 시가 낯설 리 없다. 세상에 나만 이런 생각을 한 것이 아니라, 같은 생각을 한 같은 편이 있다는 사실은 사무친 위안이 된다. 맑게 잘 늙을 수 있을 것만 같다.

밤 산책

조해주

저쪽으로 가 볼까

그는 이쪽을 보며 고개를 끄덕인다

얇게 포 뜬 빛이
이마에 한 점 붙어 있다

이파리를

서로의 이마에 번갈아 붙여 가며
나와 그는 나무 아래를 걸어간다

_『가벼운 선물』, 민음사, 2022

만약 시인이 화가라면, 시가 그림이라면, 나는 이 그림을 꼭 갖고 싶다. 돈을 모으고 낯선 화랑에 가서 "이 그림을 살게요"라고 말하고 싶다. 방에 걸어 두고 내 마음에 걸어 둔 듯 바라보고 싶다. 시인이 그려 놓은 밤 산책을 나도 사랑하기 때문이다. 그 사람과 나란히 걷는 그 시간이 나도 소중하기 때문이다.

'얇게 포 뜬 빛이 이마에 한 점 붙어 있다'는 표현이라니. 시인의 예전 시집, 그러니까 첫 시집을 읽었을 때도 마음의 정물을 기가 막히게 표현한다고 생각했는데, 이 시에도 음미할 표현이 가득이다. 이런 시를 발견하면 한뼘 더 행복해진다.

'이게 내가 생각한 그 말이지? 그걸 이렇게 적은 단어로, 이렇게나 표현할 수 있다고?' 시를 읽으면서 혼자 생각해 보고 그려 보면서 마음에 깊이 박아두게 된다.

나에게도 서로의 이마를 바라보며, 두런두런 말을 나누며, 어두운 길을 밝게 걸을 그 사람이 있다. 그 사람이 조금 아팠는데, 언젠가 우리 다시 저렇게 걸을 수 있다면 좋겠다. 우리가 늙는 내내 저렇게 걸으면 좋겠다.

누군가 나에게 물었다

김종삼

누군가 나에게 물었다. 시가 뭐냐고
나는 시인이 못 됨으로 잘 모른다고 대답하였다.
무교동과 종로와 명동과 남산과
서울역 앞을 걸었다.
저녁녘 남대문 시장 안에서
빈대떡을 먹을 때 생각나고 있었다.
그런 사람들이
엄청난 고생되어도
순하고 명랑하고 맘 좋고 인정이
있으므로 슬기롭게 사는 사람들이
그런 사람들이
이 세상에서 알파이고
고귀한 인류이고
영원한 광명이고
다름아닌 시인이라고.

김종삼은 시인이다. 그가 시인이 아니라면 대체 누구를 시인이라고 불러야 할지 모를 정도로, 김종삼은 시인 그 자체다. 그런데 대한민국의 대표 시인이 자신은 시인이 아니라고 말하는 시가, 바로 이 시다.

처음에는 의아하다. 그렇지만 시를 읽으면서 차츰 그 말뜻을 이해하게 된다. 게다가 조금씩 이해하면서 점차 우리의 마음이 뜨거워짐을 느끼게 된다.

시인이면서 시를 잘 모르겠다는 그의 말은 참으로 겸손하다. 그런데 김종삼 시인은 겸양을 드러내려고 이렇게 말한 것이 아니다. 그가 '참 시인'인 것이 이 대목에서도 드러나는데, 그는 시에 대해서 다 안다는 생각을 하지 않았다. 거들먹거리지도, 잘난 척 교만에 빠져 있지도 않았다. 그 대신 항상 배우는 자세로, 더 정진하는 자세로 시를 높이고 몸을 낮추었다.

이 위대한 시인은 부족한 자신보다 더 훌륭하고 빛나는 진짜 시인들이 있다고 말한다. 엄청나게 고생하고 있지만 순하고 명랑한 마음을 잃지 않는 사람들. 무교동과 종로와 명동과 남산과 서울역 앞에 허다하게 많지만 하나같이 고귀한 저 사람들. 김종삼 시인은 자기 삶을 열심히 살아가는 보통 사람들이야말로 진짜 대단하고 멋진 사람이라며 찬탄한다. 시인은 저 평범한 모든 이가 가장 위대한 사람이라며 고개를 숙인다.

이 시 덕분에 나는 보통의 멋진 사람이 된다. 당신 역시 보통의 위대한 사람이 된다. 우리는 평범하고 흔해서 훌륭한 사람이다. 시는 잊혀진 진실을 돌려준다. 가끔은 정치 공약보다, 경제 지표보다 이 진실을 믿고 싶다.

역광의 세계

안희연

버려진 페이지들을 주워 책을 만들었다

거기
한 사람은 살아 있을지도 모른다는 생각을 하면
한 페이지도 포기할 수 없어서

밤마다 책장을 펼쳐 버려진 행성으로 갔다
나에게 두개의 시간이 생긴 것이다

처음엔 몰래 훔쳐보기만 할 생각이었다
한 페이지에 죽음 하나
너는 정말 슬픈 사람이구나
언덕을 함께 오르는 마음으로

그러다 불탄 나무 아래서 깜빡 낮잠을 자고
물웅덩이에 갇힌 사람과 대화도 나누고
시름시름 눈물을 떨구는 가을
새들의 울음소리를 이해하게 되고

급기야 큰 눈사태를 만나
책 속에 갇히고 말았다

한 그림자가 다가와
돌아가는 길을 일러주겠다고 했다

나는 고개를 저었다
빛이 너무 가까이 있는 밤이었다

_『여름 언덕에서 배운 것』, 창비, 2020

얼마 전 독서 모임에 갔을 때 누군가 독서의 이유를 물으셨다. 당신은 왜 책을 읽느냐고. 그때 이 시가 떠올랐는데 주저하다가 대답할 때를 놓쳤다.

책을 읽는 이유가 하나뿐인 사람은 없다. 그러니까 주저한 것을 후회하지는 않는다. 반대로 단호한 대답을 내고 나면 항상 후회했다. 세상에는 수천 가지의 삶이 있고 수만 가지의 정답이 있기 때문에 누구의 의견도 정답이 될 순 없다.

그저 공유하기 위해 대답하자면, 내가 책을 읽는 가장 큰 이유는 여기가 아닌 다른 곳을 살기 위해서다. 시인도 말한다. 밤마다 책장을 펼쳐놓고 버려진 행성으로 간다고. 책을 읽는 내 마음이 딱 이 마음이다. 남들이 모르는 시간, 남들이 모르는 장소로 나만 혼자 떠날 수 있다. 수많은 작가가 쓴 페이지를 주워 모아 나만의 책을 만들 수 있다.

책이라는 행성 어딘가에 어떤 내 마음 조각이 살아 있을지 몰라서 조심조심 그것을 찾는 과정이 독서다. 책을 따라 내 별나라를 찾아갔더니, 어느새 그 별나라가 내 안에 들어와 있더라. 나중에 또 누군가 책을 왜 읽느냐고 묻는냐면 이렇게 대답하고 싶다.

서시

이성복

간이식당에서 저녁을 사 먹었습니다
늦고 헐한 저녁이 옵니다
낯선 바람이 부는 거리는 미끄럽습니다
사랑하는 사람이여, 당신이 맞은편 골목에서
문득 나를 알아볼 때까지
나는 정처 없습니다
당신이 문득 나를 알아볼 때까지
나는 정처 없습니다
사방에서 새 소리 번쩍이며 흘러내리고
어두워 가며 몸 뒤트는 풀밭,
당신을 부르는 내 목소리
키 큰 미루나무 사이로 잎잎이 춤춥니다

_『정든 유곽에서』, 문학과지성사, 1996

나이가 적고 아는 것이 적을 때에는 좋아하는 것이 많다. 조금만 신기해도 좋고, 조금만 새로워도 좋다. 사소한 것마저 좋아지니까 세상이 반짝반짝하고 웃을 일이 많다.

나이가 많아지면 좋아하는 것이 줄어든다. 좋아서 하는 일은 줄어들고 해야 해서 하는 일이 늘어난다. 의무를 해치우다 보면 좋아하는 마음 같은 건 생각할 여유도 없다. 그럴 때일수록 시가 더 필요하다. 시를 읽는데 필요한 시간은 굉장히 짧다. 몇 분 만에 후다닥 읽는 것도 가능하다.

그 짧은 사이에도 우리는 한 편의 시를 좋아할 수 있고, 한 명의 시인을 좋아할 수도 있다. 또는 좋아하는 마음이 있었던 과거를 떠올릴 수도 있다. 잃어가는 좋아함을 회복한다는 것은 대단히 소중한 일이다.

이성복은 좋아하기에 좋은 시인이다. 그의 시는 어딘가 모호한데도 쿵쿵 소리를 내면서 가슴속으로 들어온다. 쓸쓸한데 꽉 차 있고, 사랑스러운데 애잔하다. 이 세상이 돈과 물질로 가득 찬 것이 아니라 의미와 눈빛과 마음으로 가득 차 있는 것처럼 느껴진다.

늦고 헐한 저녁, 당신을 부르는 목소리, 춤추는 나뭇잎이 우리의 굳은 마음을 두드린다. 그래서 읽다 보면 잃어버렸던, 사실은 우리가 좋아했던 것들을 다시 찾을 수 있다. 시를 좋아하는 나 자신을 조금 더 좋아하게 되는 효과는 덤이다.

이마

신미나

장판에 손톱으로
꾹 눌러놓은 자국 같은 게
마음이라면
거기 들어가 눕고 싶었다

요를 덮고
한 사흘만
조용히 앓다가

밥물이 알맞나
손등으로 물금을 재러
일어나서 부엌으로

_『싱고, 라고 불렀다』, 창비, 2014

겨울에는 우리의 본능이 따뜻함을 알아본다. '이 옷보다 저 옷이 따뜻하다. 여기보다 저쪽이 따뜻하다. 저 사람은 따뜻하다. 그 옆에 있고 싶다.'

누가 시키지도 않았는데 이렇게 마음은 따뜻한 곳을 향한다. 계절이 겨울이고 시대마저 겨울일 때에는 말할 필요도 없다. 우리의 몸과 마음이 추울 때, 따뜻함은 큰 가치가 된다.

겨울 창으로 들어오는 작고 소중한 햇살을 사랑한다면, 그것을 시로 읽고 싶다면 신미나 시인을 읽으면 된다. '나는 다정한 사람이고요, 착한 사람입니다.' 이런 말이 크게 적힌 것도 아닌데 우리는 금방 알아볼 수 있다.

신미나 시인은 웹툰으로 시를 그리기도 했는데 그림체마저 동글동글 귀엽고 다정하다. 겨울에는 이런 사람, 이런 시 옆에 붙어 있고 싶다.

독감에 걸려 죽은 듯이 누워 있을 때 이 시를 생각했다. 정신없이 아프면 몸은 괴롭고 마음은 편안하다. '이렇게 잦아들며 사라져도 나쁘지 않겠네' 싶지만, 시의 끄트머리를 잡고 일어선다.

밥해야지. 밥해서 먹어야지. 밥해서 먹여야지. 어떤 다정한 사람이 있어 앓다 일어났다고 하니, 나도 일어나야지.

이런 생각을 시 덕분에 하게 된다. 다정은 이렇게 사람을 살린다. 나도 다정한 사람이 되고 싶다.

못 박힌 사람

김승희

못 박힌 사람은
못 박은 사람을 잊을 수가 없다
네가 못 박았지
네가 못 박았다고

재의 수요일 지나고
아름다운 라일락, 산수유, 라벤더 꽃 핀 봄날
아침에 떴던 해가 저녁에 지는 것을 바라보면
못 박힌 사람이 못 박은 사람이고
못 박은 사람이 못 박힌 사람이고
못 자국마다 어느 가슴에든 찬란한 꽃이 피어나고 있는데

못 박힌 사람이
못 박은 사람을 잊을 수가 없듯이
못 박은 사람도 못 박힌 사람을 잊을 수가 없다
못 박힌 사람과 못 박은 사람만 있는 곳이 에덴의 동쪽

시는 그런 사람들이 쓰는 것
아픈데 정녕 낫고 싶지 않은 사람들이 쓰는 것
못 박힌 아픈 가슴 움켜쥐고도
못을 빼고 싶지 않은 사람들이
에덴의 동쪽에서 시를 쓴다

보드라운 아이를 품에 안으니 너무 행복해서 이 순간을 오래 기억해야지, 기억해야지 되뇌었는데 금방 잊어버렸다. 행복은 꿈과 같다. 잡아두고 싶어도 금세 달아나 버린다.

나쁜 기억은 반대다. 잊어야지, 잊어야지 해도 잊히지 않는다. 어떤 사람이 뱉은 나쁜 말은 수십 년이 지나도 어제인 듯 생생하다. 그 사람은 이미 잊었을 텐데 나만 기억하는 불평등이 퍽 분하다. 사람에게 고통의 기억은 참 질기다.

못 박힌 사람은 못 박은 사람을 잊지 못한다. 가엾고 불행한 현실이다. '그래, 맞는 말이야.' 이렇게 생각하는 사람들이 고개를 숙여 자기 가슴을 내려다본다면 거기 못에 박혀 너덜너덜한 상처가 보일 것이다. 마음이 좀 고요한 날에는 정성 들여 그 못을 빼고 못 뺀 자리를 어루만져 주고 싶다.

남에게 못 박지도, 못 박히지도 않았으면 좋겠다. 너는 판단도 평가도 못 하는 비겁자냐, 이런 비판을 듣는다고 해도 남에게 꽂힐 못이라면 던지고 싶지 않다. 말이 비수처럼 꽂히면 그렇게 아프더라. 그러니 못질은 액자를 걸 때만.

우리는 매일매일

진은영

흰 셔츠 윗주머니에
버찌를 가득 넣고
우리는 매일 넘어졌지

높이 던진 푸른 토마토
오후 다섯 시의 공중에서 붉게 익어
흘러내린다

우리는 너무 오래 생각했다
틀린 것을 말하기 위해
열쇠 잃은 흑단상자 속 어둠을 흔든다

우리의 사계절
시큼하게 잘린 네 조각 오렌지

터지는 향기의 파이프 길게 빨며 우리는 매일매일

_『우리는 매일매일』, 문학과지성사, 2008

글에는 서론, 본론, 결론이 있다. 논설문이 아닌 글도 기승전결 정도는 예상할 수 있다. 그런데 시는 좀 다르다. 서두 없이 시작할 수 있고 결미 없이 끝날 수 있다. 뻔하게 기대되는 다음 단계가 정해져 있지 않다. 그래서 시는 '의외의 장르'이다. 시작도 없이 시작되고 끝도 없이 끝나는 이 의외성 때문에, 시는 우리 인생을 닮았다.

이 시도, 시에 등장하는 우리의 '매일매일'도 깔끔한 서론-본론-결론에서 벗어나 있다. 사람이 사는 매일의 삶에는 깔끔한 서론도 정리된 결론도 없다. 맥락없이 희망했다가도 두서없이 절망할 수 있고, 이유가 있어서도 살지만 근거가 없어도 살아낸다.

첫 연을 보면 흰 셔츠와 버찌 열매가 나온다. 암시적으로 청년의 실루엣이 짐작된다. 전통적으로 보았을 때 꿈을 품은 청년이라면 등용문을 넘어가야 한다. 힘과 생명력을 뿜어내며 미래로 달려야 한다. 그런데 이 시의 청년은 매일 넘어진다. 넘어지면 버찌 열매는 깨질 것이고,

흰 셔츠는 검고 붉게 물들 것이다. 마치 피가 흐른 것처럼 말이다.

부조리하고 비합리적인 세상에서 살아가려고 애쓰는 숨소리가 시에서 들리는 듯하다. 나는 이 간절함이 세상에서 가장 가치있고 무려 시적이라고 믿는다.

낭만과 서정만이 시적인 것은 아니다. 우리는 매일매일 간절하게 살아간다. 그렇다면 우리의 세계는 시적인가 그렇지 않은가. 우리는 매일매일 시적인가 그렇지 않은가.

그곳

오은

거울이 말한다.
보이는 것을 다 믿지는 마라.

형광등이 말한다.
말귀가 어두울수록 글눈이 밝은 법이다.

두루마리 화장지가 말한다.
술술 풀릴 때를 조심하라.

수도꼭지가 말한다.
물 쓰듯 쓰다가 물 건너간다.

치약이 말한다.
끝날 때까지 끝난 것이 아니다.

변기가 말한다.
끝났다고 생각한 지점에서, 다시 시작하라.

_『없음의 대명사』, 문학과지성사, 2023

이 시는 위트가 만발하면서도 많은 생각을 하게 만든다. 위트만 있으면 시는 훅, 날아가 버린다. 또 너무 많은 생각을 불러일으키면 시가 무거워진다. 그런데 이 시는 가벼우면서 무겁다. 씨줄과 날줄이 촘촘한 작품을 만나면 자꾸 읽고 싶어지는 법이다. 그래서 이 시를 여러 번 읽었다. 책장을 넘기면서 스치듯 읽었다가도 다시 돌아와서 읽었다.

집에 영영 혼자 있고 싶지는 않지만 가끔은 혼자 있고 싶다. 혼자가 되면 나에게 집중할 수 있다. 혼자가 되면 평소에는 들을 수 없었던 사물과 목소리를 발견할 수 있다. 타인의 목소리가 소거되고, 나마저 입을 다물면, 세상 곳곳에서 메시지를 찾을 수 있다.

시를 보면 예전에는 '그것'이라고 뭉뚱그려지던 대상들이 현자처럼 등장해 자신의 존재를 건 명언을 남긴다. 보이는 것이 전부는 아니지. 끝날 때까지 끝난 건 아니지. 끝난 그 지점이 바로 출발점이지. 흔한 말이라고 생각했는데, 그 말을 표어처럼 걸고 존재하는 화신들이 말한다니 진정성이 느껴진다.

이 시를 앞에 두면 '사람은 왜 지구에 왔을까' 이런 엉뚱한 생각을 하게 된다. 존재의 의의를 모르는 우리더러 저런 목소리를 들어보라는 그런 기회가 아니었을까.

첫눈

박성우

첫눈은 강물에게로 가서 강물이 되었다
첫눈은 팽나무에게로 가서 팽나무가 되었다

강물도 팽나무도 되지 않은 첫눈을
맨손으로 받고 맨손으로 모아,
꽁꽁 뭉친 첫눈을 냉장고에 넣었다

긴긴 밤 시를 쓰다가도
긴긴 밤 외롭단 말을 하려다가도
냉장고 얼음 칸을 당기면
첫눈 내리던 희푸른 밤이 찾아왔다

자울자울 졸던 강 건너 먼 불빛은
첫눈 내리는 강물을 찰바당찰바당 건너오고
눈발은 팔랑팔랑 팽나무 가지를 흔들어 깨운다

(후략)

_『가뜬한 잠』, 창비, 2007

'첫사랑'은 일생에 단 한 번만 온다. 처음인 데다 다시는 없을 일이니 아련하고 소중하다. 첫사랑만 그럴까. 첫 만남, 첫아기, 첫 직장. 이렇게 처음과 함께하는 많은 단어가 떨리는 설렘을 전해준다.

많은 '첫' 번째 일들은 일생에 단 한 번만 존재하는데, '첫눈'이라는 말은 매년 쓸 수 있다. 첫사랑은 매년 돌아오지 않지만, 첫눈은 매년 다시 내린다. 물론 올해의 첫눈은 작년의 첫눈과 다르지만, 그래도 첫눈이라는 말을 매년 되풀이할 때마다 처음으로 돌아간 듯한 마음을 얻게 된다. 그것은 깨끗하고, 선하며, 반갑고, 신비하다. 덕분에 우리는 매년 첫눈 오는 날에 깨끗하고, 선하고, 반갑고, 신비한 마음을 가질 수 있다.

박성우 시인의 「첫눈」은 이 느낌을 고요하게 간직한다. 특히 첫 구절이 가슴에 꽂힌다. 첫눈이, 작은 요정처럼 강물에게 가서는 가만히 녹아들었다. 첫눈이, 말없는 팽나무를 찾아가 손을 얹었다. 그리고 가만히 팽나무에 스며들었다. 눈송이가 사라지는 순간은 이렇게나 섬세하다.

시인은 눈 뭉치를 만들었다고 썼지만, 이건 사실 강물과 팽나무와 눈이 내리던 밤을 기억한다는 말이다. 이 모두가 시인의 마음에 존재하는 것이다. 그의 마음 안에 눈이 내렸고, 강물이 흘렀고, 팽나무가 자랐다. 그러니 눈을 넣어 둔 곳은 냉장고가 아니라 시인의 마음속일 것이다.

이 시를 읽으면 언제든 첫눈을 만날 수 있다. 그것은 아직도 '찰바당 찰바당'거리는 강물에 있고, '팔랑팔랑'대는 팽나무 가지 사이에 있다. 첫눈은 이렇게 아름답구나.

봄날

이문재

대학 본관 앞
부아앙 좌회전하던 철가방이
급브레이크를 밟는다.
저런 오토바이가 넘어질 뻔했다.
청년은 휴대전화를 꺼내더니
막 벙글기 시작한 목련꽃을 찍는다.

아예 오토바이에서 내린다.
아래에서 찰칵 옆에서 찰칵
두어 걸음 뒤로 물러나 찰칵찰칵
백목련 사진을 급히 배달할 데가 있을 것이다.
부아앙 철가방이 정문 쪽으로 튀어나간다.

계란탕처럼 순한
봄날 이른 저녁이다.

꽃이 시가 된다. 꽃 같은 마음은 시가 된다. 이렇게 된 지 이미 오래 되었다. 얼마나 오래전부터 그랬는지는 고시조를 보면 된다. 백영 정병욱 교수는 고시조 2,400여 수의 어휘를 조사했는데, 조사한 결과물을 보면 님, 일, 말, 사람, 몸, 꿈 같은 단어가 가장 많이 쓰였다고 한다. 그 다음으로 많이 사용된 어휘는 달, 물, 꽃, 밤 등이었다. 충분히 이해할 수 있는 일이다. 옛사람의 마음에도 사람과 꿈과 꽃이 있었다. 그리고 오늘날의 마음에도 사람과 꿈과 꽃이 있다. 설명이 더 필요할까. 이문재 시인의 「봄날」을 읽으면 곧바로 고개를 끄덕일 수 있을 것이다.

봄은 매년 꽃이 되어 찾아왔다. 꽃구경은커녕 마스크를 쓰고 접촉을 피해 다녀야 했을 때도 꽃은 곳곳에 보였다. 눈이 가는 것은 어쩔 수 없다. 꽃도 꽃이지만 꽃에 시선을 빼앗기는 사람들이 예쁘다. 특히 잰걸음으로 바삐 가다가 문득 멈춰서 꽃을 바라보는 사람들은 정말 예쁘다. 이미 장착된 일상의 모드를 풀고 꽃을 감상하는 모드로 돌아서는 것은 일종의 전환이다. 쉽지 않다는 말이다. 어제도 딱딱한 표정을 풀고 꽃을 바라보다 다시 종종걸음으로 사라지는 사람을 보았다. 그 뒷모습이 꽃보다 귀해서 눈을 뗄 수가 없었다.

이 시를 쓴 시인도 마찬가지였을 것이다. 누구보다 바쁜 배달원이 겨우 꽃 때문에 걸음을 멈추었다. 아니, 꽃 덕분에 그의 마음에도 꽃이 폈다. 저런 찰나의 아름다움은 쉽게 지워질 수 없다. 꽃구경 가지 못해 아쉬워 하는 당신에게 꽃 같은 시라도 피었으면 좋겠다.

차창룡

5월

이제는 독해져야겠다
나뭇잎이 시퍼런 입술로 말했다
이제는 독해져야겠다
나뭇잎이 시퍼런 입술로 말했다

내 친구들이 독해지고 있기 때문이다
성공한 내 친구들이 독해지고
성공하려는 내 친구들도 독해지고
실패한 친구들도 독해지고 있기 때문이다

달라진다는 것은 외로워진다는 것
독해지지 않겠다는 것은 아니지만
나라도 달라질 수는 없을까
달팽이가 갑옷을 입고 풀잎에 앉을 때
민달팽이가 맨몸으로 맨땅을 기어가듯이

이제는 독해져야겠다
달라지지 않겠다는 것이 아니라
이제는 독해져야겠다 이제는 독해져야겠다
나뭇잎이 또 시퍼런 입술로 말했다

_『고시원은 괜찮아요』, 창비, 2008

5월은 녹음이 짙어지는 때다. 우리는 대개 그것을 즐거워한다. 그래서 이 시를 읽고 나면 놀랄 수밖에 없다. 이렇게 볼 수도 있구나. 녹음에 대한 새로운 해석이 바로 여기에 있다.

시인은 푸른 나뭇잎을 시퍼런 입술로 보았다. 점점 푸르러지는 것을 점점 더 독해지는 것으로 보았다. 5월을 겪는 모든 나뭇잎이 해당된다. 이 세상을 겪는 모든 사람이 해당된다. 성공한 사람도, 성공하려는 사람도, 실패한 사람도 모두 독해지고 있다.

그런데 독해져야 성공한다는 말은 차라리 옛말이다. 요즘은 독해져야 살아남는다. 독기는 성공의 조건이 아니라 존재의 조건이 되고 있다. 이런 생각을 하면 무섭다. 그래서 이 시는 5월에 관한 가장 서늘한 시가 된다.

시의 중반을 넘어가면서 이 시는 우리를 또 한번 놀라게 한다. 시인은 모두의 독함에 대항하는 홀로의 독함을 꺼내들기 때문이다. 모두 독해질 때, 나는 안 독해지는 독함을 추구하련다. 남들이 똑같이 독해질 때, 나는 혼자서 다른 길을 선택하련다. 시인의 외롭고 고달픈 독함은 이미 퍼렇게 질려가는 우리를 되돌아보게 한다.

녹음 같은 독기가 마음까지 태워버리기 전에 우리의 독기는 희석될 필요가 있다. 어떤 시는 때로 사람의 약이 되기도 한다.

저녁 눈

박용래

늦은 저녁때 오는 눈발은 말집 호롱불 밑에 붐비다

늦은 저녁때 오는 눈발은 조랑말 발굽 밑에 붐비다

늦은 저녁때 오는 눈발은 여물 써는 소리에 붐비다

늦은 저녁때 오는 눈발은 변두리 빈터만 다니며 붐비다.

눈을 좋아하면 어린이, 눈을 싫어하면 어른이라는 말이 있다. 그런데 이 시는 예외다. 박용래 시인의 「저녁눈」을 읽으면 어른들도 눈이 오기를 기다리게 된다. 눈이 오지 않을 때 읽으면 마음에 눈이 오는 듯하고, 눈이 올 때 읽으면 내리는 눈을 음미할 수 있다.

얼핏 보면 단순하고 밋밋해 보인다. 길이도 참 짧다. "늦은 저녁때 오는 눈발은 붐비다"라는 구절이 약간씩 변용되면서 총 네 번 반복된다. 반복되고는 끝이다. 그런데 이 반복과 약간의 변화가 범상치 않다. 반복되는 구절은 힘이 매우 세서 읽는 이를 번쩍 들어서는 '늦은 저녁의 눈발' 아래 세워 놓는다. 처음에는 '와, 눈이 오는구나' 생각하다가 이내 눈, 눈, 눈들을 자세히 바라보게 된다.

눈은 어느 곳에나 공평하게 내리는데 유독 잘 보이는 부분이 있다. 먼저, 호롱불 밑에는 빛을 받은 덕에 눈발들이 더욱 잘 보인다. 그 옆에 매여 있는 조랑말로 시선을 옮겼는데 발굽보다 눈발이 먼저 보인다. 여물 써는 소리는 저녁, 호롱불, 마구간의 정취를 더욱 진하게 만든다. 걸음을 더 옮겼더니 변두리 공터가 나왔다. 여기야말로 눈발을 보기 가장 좋은 곳이다. 빈터를 가득 채우듯이 눈발은 바람과 함께 이쪽저쪽 휘저어가면서 빠르게 떨어진다. 천천히 펑펑 내리는 함박눈이라면 '붐비다'라는 표현이 나오지 않았을 것이다. 물기가 많아 빨리 떨어지는 눈, 바람을 타고 몰아치는 눈이어야 '바쁜 눈'이 될 수 있다. 그 눈을 맞으면 어깨는 더 빨리 젖을 것이다. 스미는 물기를 느끼며 시인은 오래도록 눈을 바라보고 있다.

이 시는 더할 곳도 없고 뺄 곳도 없는 명작으로 알려져 있다. 1969년에 발표되었을 당시 탁월함을 인정받아 제1회 현대시학작품상을 받기도 했다. 소설가 이문구가 선배 박용래 시인을 회상하는 글에서 가장 먼저 외웠던 작품도 바로 이 시이다. 필요 없는 것을 탈탈 털어내고 남은 것이 이토록 아름답다. 많은 것, 복잡한 것이 항상 좋은 것은 아니다.

그냥 둔다

이성선

마당의 잡초도
그냥 둔다.

잡초 위에 누운 벌레도
그냥 둔다.

벌레 위에 겹으로 누운
산 능선도 그냥 둔다.

거기 잠시 머물러
무슨 말을 건네고 있는

내 눈길도 그냥 둔다.

선생이라는 직업이 점차 사라져 간다고 한다. 아이들은 줄어들고 인터넷과 녹화방송이 있으니까 이제 선생은 많이 필요 없을 거라고들 한다. 그 말을 들은 선생은 좀 서글프다. 너희는 멸종될 거야, 이런 선고를 듣는 심정이다.

선생에게 학생은 매우 소중하고 특별한 존재지만, 학생에게 선생은 한 시절의 풍경처럼 여겨지기도 한다. 학생들은 하나의 수업만 열심히 들을 수도 없는 처지다. 그들은 선생보다 바쁘고, 막막하고, 피곤하다. 우리 반에서 가장 열심히 고개를 끄덕이고, 발표하던 한 학생은 아파서 결석을 하더니 며칠 뒤 누렇게 뜬 얼굴로 겨우 학교에 나왔던 적이 있다. 나의 과거와 미래가 그 아이의 얼굴이 되어 함께 아팠다. 너무 바빠서 몸도 챙기지 못한 어린 학생에게 이 시를 읽어 주고 싶었다.

너무 바빠서 머리도 말리지 못하고 출근하는 우리에게, 밥도 5분이면 뚝딱 밀어 넣고 일어나는 우리에게, 이동하면서도 카톡으로 업무를 이어가는 우리에게도 이 시를 읽어 주고 싶다.

마당의 잡초는 그냥 두자. 사실 우리는 우리를 그냥 두고 싶다. 잡초 위의 벌레를 그냥 두자. 솔직히 우리는 우리를 그냥 두고 싶다. 벌레 위의 능선도 그냥 두자. 절실하게 우리는 우리를 가장 그냥 두고 싶다. 아무것도 하지 않고, 멍하니 앉아 있을 자유가 목마르다. 그걸 허락하지 못하는 나 자신에게, 그걸 허락하고 싶다.

'민애야, 너를 그냥 두렴.'
오늘은 이런 말을 나에게 해주고 싶다.

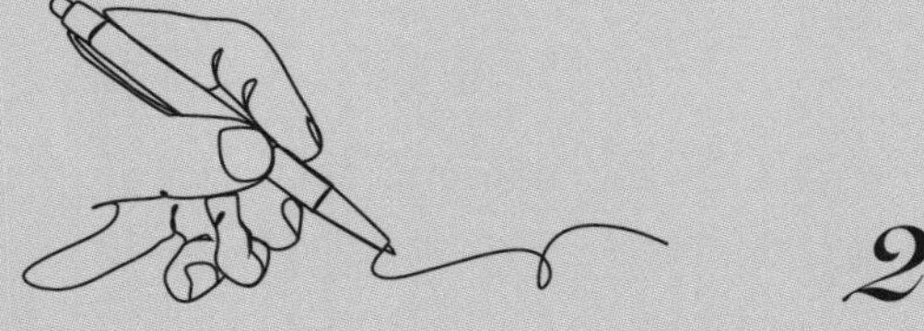

2

작은 위로가 필요한 날

"우리는 대단치 않은 보통의 사람이지만
옆 사람의 손은 잡아줄 수 있다."

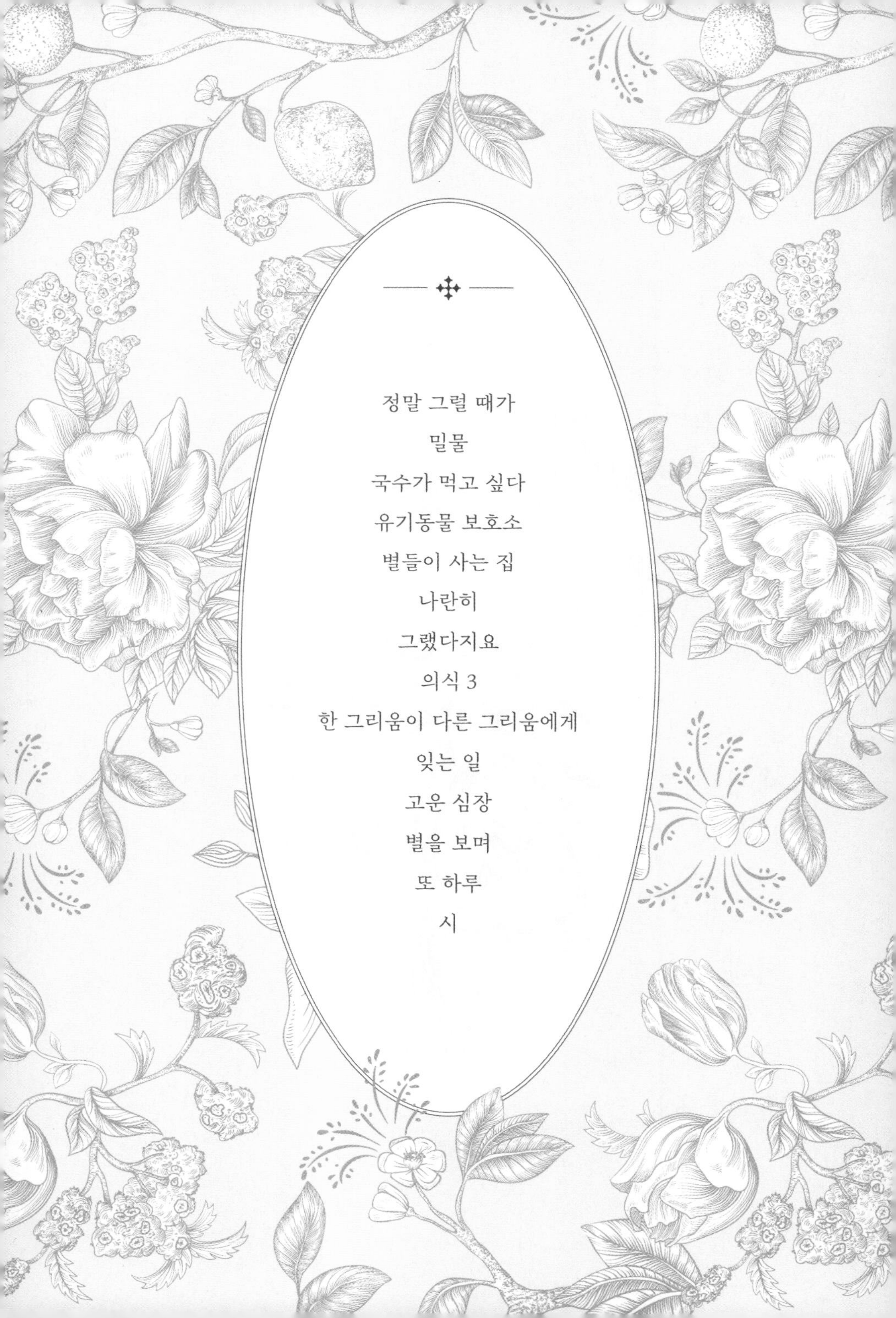

정말 그럴 때가

밀물

국수가 먹고 싶다

유기동물 보호소

별들이 사는 집

나란히

그랬다지요

의식 3

한 그리움이 다른 그리움에게

잊는 일

고운 심장

별을 보며

또 하루

시

정말 그럴 때가

이어령

정말 그럴 때가 있을 겁니다.
어디 가나 벽이고 무인도이고
혼자라는 생각이 들 때가 있을 겁니다.

누가 "괜찮니"라고 말을 걸어도
금세 울음이 터질 것 같은
노엽고 외로운 때가 있을 겁니다.

내 신발 옆에 벗어놓았던 작은 신발들
내 편지봉투에 적은 수신인들의 이름
내 귀에다 대고 속삭이던 말소리들은
지금 모두
다 어디 있는가.
아니 정말 그런 것들이 있기라도 했었는가.

그런 때에는 연필 한 자루 잘 깎아
글을 씁니다.

사소한 것들에 대하여
어제보다 조금 더 자란 손톱에 대하여
문득 발견한 묵은 흉터에 대하여
떨어진 단추에 대하여
빗방울에 대하여

정말 그럴 때가 있을 겁니다.
어디 가나 벽이고 무인도이고
혼자라는 생각이 들 때가 있을 겁니다.

내가 만난 이어령은 크고 단단한 태산 같았다. 강연장에 아무리 많은 사람이 몰려와도 눈빛은 형형했고 연설은 끊김이 없었다. 대단하고 강한 어른이었다. 지성의 장이 사상의 전쟁터라면 그는 단연 대장군이었다.

실존 인물로서도 그러했고 글에서도 그의 존재감은 압도적이었다. 그래서 오해했다. 이렇게 잔잔하고 외로운 시가 그의 것이라고는 생각하지 못했다. 역시 사람이란, 그리고 사람이 지닌 다채로움이란 타인이 함부로 규정할 수 없는 것이다.

'명사의 시'로서 이 시를 추천하는 것이 아니다. 지성인은 시를 이렇게 쓴다고 말하려는 것도 아니다. 이 시를 추천하는 까닭은 결국 외로움 때문이다. 우리가 누구든, 어디에 있든 우리는 외롭다. 혼자 태어나 죽는 것이 인생이라는 사실에서 벗어날 수 있는 사람은 아무도 없다.

그렇다고 해서 삶을 저주할 것인가? 아니, 그 반대다. 이토록 강인한 인간도 무인도를 경험하며 외로움에 사무쳤다. 그래도 우리의 낮과 밤은 여전히 찾아오지 않는가. 그것을 견디는 것이 삶의 의의, 삶의 전부라는 듯 시인은 덤덤히 이야기를 풀어낸다.

외로움은 고약하지만, 치료해야 할 병은 아니다. 너도 나도 외롭다는 사실을 알고 나면 차라리 홀가분하다. 우리 모두 함께 외로운 것이라면 따로, 또 같이 외로워도 조금은 덜 외롭다.

밀물

정끝별

가까스로 저녁에서야

두 척의 배가
미끄러지듯 항구에 닻을 내린다
벗은 두 배가
나란히 누워
서로의 상처에 손을 대며

무사하구나 다행이야
응, 바다가 잠잠해서

정끝별 시인의 작품 중에서 내가 가장 사랑하는 시다. 처음 이 시를 읽고 나서 한참 잊을 수 없었다. 다 읽고 나면 「밀물」이라는 제목처럼 밀려오는 감동을 여러분도 분명히 느끼실 거라고 믿는다.

그런데 막상 작품에는 '밀물'이라는 단어가 한 번도 안 나온다. 자연 현상, 달의 힘, 해변과 썰물……. 밀물에 응당 따라오는 이런 이야기도 등장하지 않는다. 이 시는 사실 바다 이야기가 아니라 사람 이야기이기 때문이다. 적절한 은유의 힘을 빌려 시는 모른 척 시치미를 떼고 있지만 이것은 분명 우리, 나, 너의 이야기다.

이 시를 가장 잘 느낄 수 있는 순간은 하루 일을 다 마치고 집에 돌아왔을 때이다. 발바닥은 아프고, 몸은 물먹은 솜 같고, 어떻게 하루를 보냈는지 정신이 멍해질 때 이 시는 찾아온다.

항구에 돌아온 두 척의 배를 겨우 퇴근한 부부라고 생각할 수 있다.

상처 입고 돌아온 두 척의 배를 연인이라고 여길 수도 있다. 전쟁 같은 하루를 보내고 돌아온 두 사람은 서로의 안부를 묻는다. '괜찮아? 괜찮아. 힘들었지? 그래도 다행이야'.

두 척의 배가 지나왔던 바다는 결코 쉽지 않았다. 가족이든 연인이든, 그 두 사람이 건너온 오늘 하루도 만만치 않았다. 오늘 하루 내가 만난 바다에 폭풍이 휘몰아쳤다면 나 없이 네가 만난 바다 역시 폭풍으로 가득했겠지. 이런 상호 연민이 시의 분위기를 따뜻하게 해준다.

오늘도 우리의 바다는 만만치 않을 것이다. 집 안에서 일하는 사람에게도, 집 밖에서 일하는 사람에게도 파고는 높고 풍랑은 거셀 것이다. 그러니 퇴근 후 건넬 말을 미리 준비하자. 오늘 당신은 괜찮아?

국수가 먹고 싶다

이상국

국수가 먹고 싶다

사는 일은
밥처럼 물리지 않는 것이라지만
때로는 허름한 식당에서
어머니 같은 여자가 끓여주는
국수가 먹고 싶다

삶의 모서리에 마음을 다치고
길거리에 나서면
고향 장거리 길로
소 팔고 돌아오듯
뒷모습이 허전한 사람들과
국수가 먹고 싶다

세상은 큰 잔칫집 같아도
어느 곳에선가
늘 울고 싶은 사람들이 있어

마을의 문들은 닫히고
어둠이 허기 같은 저녁
눈물 자국 때문에
속이 훤히 들여다보이는 사람들과
따뜻한 국수가 먹고 싶다

_『집은 아직 따뜻하다』, 창비, 1998

최근 음식 트렌드는 채소와 단백질을 먹고 밀가루 섭취를 줄이는 것이다. 그렇다면 국수는 절대 현대적이지도 현명하지도 않은 음식인 셈이다.

그러나 영양학적으로 하위에 있는, 뭔가 촌스럽기도 한 국수를 시인들은 좋아한다. 슴슴하고, 하얗고, 부드럽고, 뜨거운 것을 시인들이 거부할 수 있을 리 없다. 나는 국수를 먹을 때마다 눈물이 한 사발 담겨왔다고 생각한다. 시의 변두리에 머무는 나에게도 국수는 지극히 인간적인 음식인데 시인들에게는 오죽할까.

제목만 보면 이 시는 국수 예찬론처럼 보이지만, 절대 그런 내용이 아니다. 이 시는 울고 싶다는 말이고, 국수로 마음을 달래는 이야기다. 삶은 언제고 만만한 것이 아니어서 울고 웃는 순간의 연속이다. 이 시를 쓰게 된 날은 아마도 우는 날이었나 보다. 시인은 "삶의 모서리에서 마음을 다치게 되었다"고 썼다.

부처의 눈에는 부처만 보인다는 식으로, 마음을 다치고 보니 잘난 사람, 이긴 사람보다 조금 부족하고 마음을 다친 사람들이 눈에 들어왔다. 시인처럼 순박하고 속이 훤히 보여서 남을 속이지도, 이기지도 못하는 사람들만 눈에 들어왔다. 시인은 그런 사람들 곁에서 뜨겁게 울고 싶다는 말을 국수가 먹고 싶다는 말로 대신했다.

서글프게도 나이가 들면 마음껏 울지도 못한다. 다만, 눈물 대신 콧물을 흘리며 뜨거운 국수를 먹을 뿐이다.

유기동물 보호소

김명기

버려진 개 한 마리 데려다 놓고
얼마 전 떠나 버린 사람의
시집을 펼쳐 읽는다
슬픔을 더 슬프게 하는 건
시만 한 게 없지
개 한 마리 데려왔을 뿐인데
칠십 마리의 개가 일제히 짖는다
흰 슬픔 검은 슬픔 누런 슬픔
큰 슬픔 작은 슬픔
슬픔이 슬픔을 알아본다
갈피를 꽂아 두었던
시의 가장 아픈 문장에
밑줄을 긋고 나니
남은 문장들이 일제히 눈가에 젖어든다
슬픔은 다 같이 슬퍼야 견딜 수 있다

_『돌아갈 곳 없는 사람처럼 서 있었다』, 걷는사람, 2022

많은 책을 혼자 나른 적이 있었다. 배낭에 넣어 등짐도 지고, 짐수레에도 한가득 실어서 밀어 옮겼다. 내 짐을 나 혼자 지고 가는 것은 당연한 일이었다. 문턱 앞에서 끙끙대고 계단에서 멈칫거리기도 했지만 도움을 바라지 않았다. 그때 한 택배 기사님이 멀리서부터 달려오더니 수레를 같이 밀어주셨다. 이 무거운 걸 혼자 나르냐고, 어디까지 가느냐고 물어보셨다.

힘을 보태준 것도 고맙지만 사실 그 질문이 고마워서 오래 잊지 못했다. 매일 이고 지고 나르던 그는, 짐 지기의 어려움을 잘 알고 있었던 것이다. 어려움을 겪어본 사람만이 남의 어려움을 이해할 수 있다. 힘듦과 절망, 아픔이나 슬픔 같은 것은 크고 깊어서 경험 없는 상상 따위로는 닿을 수도 없다.

세상에는 보이지 않게 무거운 짐을 진 사람이 많다. 가끔은 안 보이는 그 짐을 남에게 들킬 때가 있다. 반대로 우리가 타인의 짐을 알아차

릴 때도 있다. 짐이 짐을 알아볼 때, 그것은 서로에게 기대어 고달픔을 나눈다. 짐의 총량이 줄어들 리가 없는데도 우리의 발걸음은 조금 가벼워진다.

그것을 김명기 시인은 "슬픔이 슬픔을 알아본다"고 썼다. "슬픔은 다 같이 슬퍼야 견딜 수 있다"라고도 썼다. 이 말은 진심이고 진실이다. 때때로 슬픔에는 슬픔이, 아픔에는 아픔이, 친구이고 이웃이며 쉼터가 된다.

별들이 사는 집

김수복

별들이 사는 집은
내 마음의 빈 터에 있다

뒷산 상수리나무 잎이 서걱거리는
저녁에 왔다가

이른 아침 호수에 내리는
비를 바라보는
내 마음의 빈 터에 있다

인간이라면 누구든 존엄하다고 배웠다. 존엄할 뿐만 아니라 인간이라면 누구든 원하는 그 무엇이 될 수 있다고도 배웠다. 배웠다기보다는 믿었다고 말하는 편이 옳다. 배움의 대상은 사실이고, 믿음의 대상은 희망이니까. 우리는 무엇이 될 수 있다는 희망을 계속 믿어왔다고 말하는 편이 맞다.

희망은 때로 왜곡된다. 전체의 희망은 개인에게 강압이 되기도 한다. 모두들 그렇게 될 수 있으니, 되지 않으면 마치 제대로의 인간이 아닌 것처럼 느껴질 때가 있다. 우리에게 되어야 하고 될 수 있어야 하는 '무엇'은 대개 훌륭하거나, 대단한 사람을 의미한다. 마치 나의 원래 의미는 텅 비어 있고, 남들에게 인정받는 어떤 존재가 되어야만 제대로 사는 듯, 모두들 그렇게 생각한다.

그런데 모두가 일등이 될 수는 없는 노릇이다. 꼭 뭐가 되어야만 하는 걸까. 그냥 앉아 있는 인간은 스스로를 모멸해야만 할까. 열심히 하지 않고 싶을 때 텅 비어 있으면 안 되는 걸까.

이때 이 시를 읽어본다. "별들이 사는 집은 내 마음의 빈 터에 있다"는 시를 읽어본다. 저 별들이나 빈 터는 무엇이 되려고 애쓰지 않았다. 그냥 거기에 있었다.

다음 구절을 연달아 읽어본다. "뒷산 상수리나무 잎이 서걱거리는 저녁"이라는 말을 음미한다. 서걱거린다는 것은 낙엽이 되었다는 말이고, 곧 떨어질 날이 찾아온다는 말이다. 이런 잎사귀의 마지막 언어를 음미하기 위해서 내 마음은 아무것도 되지 않고 그저 텅 비어 있어도 좋겠다.

나란히

육호수

소반 위에
갓 씻은 젓가락
한 켤레
나란히 올려두고
기도의 말을 고를 때

저녁의 허기와
저녁의 안식이 나란하고
마주 모은 두 손이 나란하다

나란해서 서로 돕는다

식은 소망을 데우려 눈감을 때
기도가 새어나가지 않도록
반쪽 달이 창을 넘어
입술 나란히 귓바퀴를 대어올 때

영원과 하루가 나란하다

요람에 누워 잠드는 밤과
무덤에 누워 깨어나는 아침

포개어둔다

_『영원 금지 소년 금지 천사 금지』, 문학동네, 2023

시는 마음의 조각이다. 낯 모르는 누군가가, 내가 모르는 때에, 내가 모르는 장소에서 날려보낸 한 조각이 바로 시다. 그러니 익숙할 리가 없다. 타인의 마음 한 조각은 내 것이 아니니까 익숙하지 않아야 맞다. 아이러니하게도 바로 이 사실 때문에 시를 읽게 되고 시를 좋아하게 된다.

결코 내 것이 아닌 남의 마음인데, 그건 절대 익숙한 것이 아니어야 하는데, 읽는 순간 그 조각에 내 마음이 박힌다. '어? 여기 내 마음이 나보다 먼저 도착해 있었네.' 이런 생각이 드는 순간, 이 외로운 지구는 외롭지 않다. 내 마음을 알아주는 단 하나의 마음만 있어도 우리는 더 이상 외롭지 않다.

저녁의 허기와 저녁의 안식이 나란하게 놓여 있는 하루의 끝. 지쳤으나 겸허하게 마주 잡은 손. 허기가 안식을 돕고, 안식이 허기를 돌보는 다행스러움이 이 소박한 시를 꽉 채우고 있다. 이것이야말로 보통의,

그러나 가장 감사한 우리의 모습이다.

특히 "나란해서 서로 돕는다"는 말이 오래 남는다. 아픈 사람은 타인의 아픔을 알아보고, 상처받은 사람은 타인의 상처를 알아볼 수 있다. 우리는 대단치 않은 보통의 사람들이지만, 나란히 나란히 나아갈 수 있다. 나란히 옆 사람 손을 잡아줄 수 있다. 참 다행이다.

그랬다지요

김용택

이게 아닌데
이게 아닌데
사는 게 이게 아닌데
이러는 동안
어느새 봄이 와서 꽃은 피어나고
이게 아닌데 이게 아닌데
그러는 동안 봄이 가며
꽃이 집니다
그러면서,
그러면서 사람들은 살았다지요
그랬다지요

_『그 여자네 집』, 창비, 1998

자기가 바라는 삶을 멋지게 사는 사람이 몇이나 될까. 아주 많은 사람들이 '이게 아닌데' 하면서 아침을 맞고, '이게 아닌데' 하면서 하루를 보낸다. 이 시도 "사는 게 이게 아닌데"라는 탄식으로 시작된다. 오늘도 느낀 내 맘을 딱 적어놓은 것만 같다.

그런데 시인은 탄식하는 삶을 타박하지 않는다. 그런 인생이 아주 자연스러운 것처럼, 마치 봄날의 꽃잎처럼 흩날리는 모습으로 그렸다. '이게 아닌데' 흔들리는 사이에 인생의 봄날은 왔고, '이게 아닌데' 좌절하는 사이에 인생의 봄날은 갔다.

나만 그랬을까. 우리도 그랬다.
우리만 그랬을까. 그들도 그랬다.

탄식이 꽃잎처럼 쌓이면서 시간은 흘렀고 인생은 그렇게 만들어졌다. 산 사람의 하루는 소중한 것이지만, 매일이 의미로 채워지기는 어렵다. 사람의 생명은 고귀한 것이지만, 그 인생이 온통 반짝이기는 힘들다. 반짝이지 않는다고 해서 삶이 가치 없을까.

이 시는 '이게 아닌데'의 삶을 두둔한다. 완벽하지 못한 삶, 꿈이 이루어지지 않은 삶도 소중히 여긴다.

온 우주가 진심으로 나만 미워하는 것 같을 때, 이 시를 읽자. 내 인생은 어쩜 이렇게도 가여울까 싶을 때, 남들만 행복한 인스타그램을 보는 대신 피는 꽃과 지는 꽃을 바라보자. '이게 아닌데'를 뱉었다고 해서 내 인생 자체가 부정되는 것은 아니다. 무던히 사는 삶도 삶이다. 아주 귀한 삶이다.

의식(儀式) 3

전봉건

나는 너의 말이고 싶다.
쌀이라고 하는 말.
연탄이라고 하는 말.
그리고 별이라고 하는 말.
물은 흐른다고
봄은 겨울 다음에
오는 것이고
아이들은 노래와 같다라고 하는
너의 말.
또 그 잘 알아들을 수 없는 말.
불꽃의 바다가 되는
시이트의 아침과 밤 사이에
나만이 듣는 너의 말.
그리고 또 내게 살며시 깜빡이며
오래
잊었던 사람의 이름을 대듯이
나직한 목소리로 부르는
평화라고 하는
그 말.

첫 행이 쾅! 하고 와 닿는 시다. “나는 너의 말이고 싶다”니, 이런 고백을 들으면 다 죽어가던 연애 세포마저 살아날 것 같다.

그런데 읽다 보면 본격 연애시가 아니라는 것을 알게 된다. 연애시가 아니라고 실망하지 말자. 이 시는 사랑 노래는 아니지만 다른 의미로 읽는 이의 가슴을 두근거리게 한다. 이것은 희망의 시이기 때문이다.

시인은 처음에 “너의 말”이 되고 싶다고 했다. 사실 그 다음부터가 본론이다. 시인이 되고 싶은 말은 평범한 말이 아니다. 맨 처음, 그는 “쌀”이라는 말이 되고 싶다. 배고픈 사람들에게 쌀은 가장 절실한 말이다. 다음으로, 그는 “연탄”이 되고 싶다. 차가운 구들장에 앉은 사람들에게 연탄은 가장 고마운 말이다. 또 그는 “별”이 되고 싶다. 절망하는 사람들에게 별은 마지막 비상구가 되어 준다.

쌀, 연탄, 별만 희망일까. 겨울이 지나 다가오는 봄, 아이들의 순수함,

그리고 평화까지 이 시는 가만가만 불러낸다. 시인은 이렇게 세상에 꼭 필요하고 좋은 단어들을 모아서 사람들에게 희망이 가능하고 또 필요하다고 말한다. 그래서 이 시를 읽으면 고맙고 기쁘다. 함몰된 희망의 부위에 새살이 돋는 느낌이 든다. 이 시는 그런 생동감을 전해 준다.

전봉건 시인은 여러모로 좋은 시인이었다. 시를 잘 썼고, 어려운 문예지 일을 도맡아 했고, 젊고 가난한 후배 시인들의 사정을 잘 챙겨 주었다. 나무처럼 그늘이 넓어서 그 그늘에 사람들이 모여 고민을 토로하고 어려움을 덜곤 했다. 그래서인지 이 희망의 시는 더욱 진정성 있게 느껴진다. 그는 쌀과 연탄과 별과 평화의 의미를 잘 이해하고 있었던 것이다.

한 그리움이 다른 그리움에게

정희성

어느 날 당신과 내가
날과 씨로 만나서
하나의 꿈을 엮을 수만 있다면
우리들의 꿈이 만나
한 폭의 비단이 된다면
나는 기다리리, 추운 길목에서
오랜 침묵과 외로움 끝에
한 슬픔이 다른 슬픔에게 손을 주고
한 그리움이 다른 그리움의
그윽한 눈을 들여다볼 때
어느 겨울인들
우리들의 사랑을 춥게 하리
외롭고 긴 기다림 끝에
어느 날 당신과 내가 만나
하나의 꿈을 엮을 수만 있다면

학창 시절에 받은 편지들을 아직 가지고 있다. 친구에게 '네가 이런 편지를 써줬어'라고 보여주면 그 친구는 질겁할 것이다. 뺏으려 들지도 모른다.

메일이 아닌 편지는 어쩐지 더 소중하다. 재발송이 안 되고, 삭제도 안 된다. 글자 하나하나 정성을 들여 띄어쓰기와 남은 칸까지 고민하면서 쓴다. 그래서인지 나는 '무엇이 무엇에게'라는 편지 형식의 시를 보면 여전히 뭔가가 그립게 느껴진다. 편지는 그리움의 다른 말인데, 편지의 형식을 하고선 그리움이 그리움에게 말을 건네니 그리움은 세 곱절이 된다.

이 시에서 "한 그리움"은 혼자 있다. 그는 겨울 골목에서 춥고 외롭다. 얼핏 보면 그에게 시련은 끝나지 않을 것만 같다. 하지만 그는 좌절한 것이 아니라 기다리고 있으며 소망하고 있다. 시인은 스스로 그리움이 되어 보이지 않는 다른 그리움을 열심히 생각하고 있다. 그러면서 이 시와 같이, 마음속의 편지를 쓴다.

기약할 수 없지만 먼 훗날, 어느 날엔가
나의 꿈과 너의 꿈이 만날 것이다.
나의 꿈과 너의 꿈이 우리의 꿈이 될 수 있다는 꿈을 꾼다.

물론 이 편지는 전달되기 어려울 것이다. 그래도 꿈을 꾸지 않을 수는 없다고, 시인은 말한다. 이런 다정한 편지를 받는다면 아무리 추운 날이어도 웃을 수 있을 것만 같다.

잊는 일

손택수

꽃 피는 것도
잊는 일

꽃 지는 것도
잊는 일

나무 둥치에 파넣었으나
기억에도 없는 이름아

잊고 잊어
잊는 일

아슴아슴
있는 일

_『붉은빛이 여전합니까』, 창비, 2020

'기억에 불과하다'라는 말이 있다. 우리가 흔히, 혹은 가볍게 쓰는 표현이다. 기억은 실체도 없고 지난 일이니까 중요하지 않다는 뜻이다. 쓱쓱 지워내서 잊으면 된다는 뜻이다. 맞는 말이다.

그러나 전혀 맞는 말이 아니기도 하다. 잊지 못할 기억에 사로잡혀 낮도 밤도 저당 잡힌 사람을 나는 안다. 지워낼 수 없는 기억 때문에 뒹구는 마음을 나는 안다. 시를 읽다 보면 모를 수가 없다. 시는 그런 마음에서 시작하는 경우가 많기 때문이다.

실체 없는 기억이 실체 있는 현실을 지배하면 사람들은 '어리석다'고 말한다. 그런데 시는 그렇게 매정하지 않다. 기억이 현실을 흔든다면, 시는 그 괴로움과 무력감을 어여삐 여긴다.

이것이 전혀 근거 없는 말은 아니다. 프로이트는 기억을 매우 중시했다. 기억의 흔적이 표면상으로는 보이지 않아도 그 심층부에는 남아 있다고 했다. 우리가 밀랍 종이 위에 글씨를 쓴다고 치자. 종이를 치워도 글자는 종이 아래에 새겨져 흔적으로 남아 있다. 그 밑에는 모든 것이 보존된다. 지워진 것 같지만 마음 구석에 남아 있는 그것을 프로이트는 '기억의 근원'이라고 불렀다.

우리는 기억의 근원이 꽃잎이 되어 흩날리는 장면을 이 시를 통해 볼 수 있다. 누가 기억을 헛되다고 했나. 그것은 사람의 마음 밖으로 나와 꽃이 되기도 하는데. 잊을 수 없어서 수만 개의 꽃잎으로 피어나는데. 어느 누가 기억을 헛되다고 말할 수 있을까.

고운 심장

신석정

별도
하늘도
밤도
치웁다

얼어붙은 심장 밑으로 흐르던
한 줄기 가는 어느 난류(暖流)가 멈추고

지치도록 고요한 하늘에 별도 얼어붙어
하늘이 무너지고
지구가 정지하고
푸른 별이 모조리 떨어질지라도

그래도 서러울 리 없다는 너는
오 너는 아직 고운 심장을 지녔거니

밤이 이대로 억만 년이야 갈리라구……

신석정은 1907년에 태어나 1970년대까지 살았다. 계산해 보면 가장 뜨거운 심장을 가지고 있었을 때 나라를 뺏기는 일을 경험해야 했다.

어려움이 없었겠는가. 공부하고 시를 쓰는 점잖은 사람이었지만 분노가 없었겠는가. 조선의 백성에게는 엎어지고 고꾸라지고 황망하고 억울한 날이 많았을 터. 이 시는 한창 억압이 심했던 1939년에 발표되었는데 시인은 그 시기를 '얼어붙은 심장'의 나날이라고 표현했다. 그즈음은 하늘이 무너지고 지구가 멈추고 푸른 별이 모조리 사라지는 것과 같았다고 한다.

그런 절망 속에서도 시인은 내일을 위한 하나의 목소리를 숨겨 놓았다. '아무리 춥고 어두워도 서럽지 않다'. '얼어붙은 심장이 아니라 여전히 고운 심장을 신뢰하므로 절망하지 않는다'. 왜냐하면 밤은 억만 년 지속되지 않기 때문이다.

이 시는 잊지 말라고 당부한다. 비록 지금은 별도 하늘도 밤도 춥지만 이 추위의 밤은 영원하지 않을 것이다. 세월은 흘렀지만 메시지는 유효하다. 왼쪽 가슴에 손을 대고 확인해 보자.

나의 고운 심장이 여기 있다.
세상이 얼었어도 나의 심장은 곱다.
곱게 뛴다.
곱게 뛰어라.

별을 보며

이성선

내 너무 별을 쳐다보아
별들은 더럽혀지지 않았을까.

내 너무 하늘을 쳐다보아
하늘은 더럽혀지지 않았을까.

별아, 어찌하랴.
이 세상 무엇을 쳐다보리.

흔들리며 흔들리며 걸어가던 거리
엉망으로 술에 취해 쓰러지던 골목에서

바라보면 너 눈물 같은 빛남
가슴 어지러움 황홀히 헹구어 비치는
이 찬란함마저 가질 수 없다면
나는 무엇으로 가난하랴.

"반짝반짝 작은 별 아름답게 빛나네."

아이를 앉히고 동요를 불러주면 예쁜 입이 오물오물 따라 부른다. 그렇지만 너무 미안하다. 아이에게 노래를 불러줄 수는 있어도 반짝반짝 빛나는 별을 보여주기가 쉽지 않아서다. 어느 하늘에 별이 있느냐고, 아이는 금방 자라 물어볼 것이다. 도대체 별이 반짝이긴 하느냐고, 응당 아이는 물어볼 자격이 있다. 어른은 대답이 궁색하여 난감하다. 난감할 때는 속으로만, 아이에게 술과 가난을 설명하기란 더 난감하니까 속으로만, 이 시를 읊어 보리라.

이성선 시인은 '맑음'에 특화된 시인이다. 맑음 중에 으뜸은 '별'이니까, 별에 특화된 시인이기도 하다. 높고 맑은 것을 즐겨 노래했던 이 시인을, 세상에서는 '설악의 시인'이라고 불렀다. 그는 설악산 아래에 살았는데, 마치 높은 산이 도시의 욕망 같은 것을 차단해 주는 듯이 시를 쓰고 살았다.

하지만 세상 살며 돈이 좋고 명예가 좋은 줄 몰랐을까. 세속적 욕망이 드세질 때, 시인은 휘청거리며 밤거리를 걷는다고 썼다. 가진 것 없어 세상에서 홀대받을 때, 시인의 마지막 보루는 오직 '별빛'뿐이었다. 저 별빛에게 부끄럽지 않는 한, 시인은 아직 진 것이 아니다. 별만큼 깨끗하지는 못해도 지상에서 가장 덜 더러운 사람이 되겠다, 그는 마음을 표백하면서 살았던 것이다.

내가 아는 한, 윤동주의 시를 제외한다면, 이 작품은 별에 관한 시 중에서 첫손에 꼽힐 만큼 아름답다. 너무 아름다워서 읽을 때마다 눈물이 난다. 이렇게 고결하게만 고결을 노래한 시를 읽으며 나의 초라함은 위로받는다. 별빛아, 나의 병든 욕망을 녹여주렴.

또 하루

박성우

날이 맑고 하늘이 높아 빨래를 해 널었다
바쁠 일이 없어 찔레꽃 냄새를 맡으며 걸었다
텃밭 상추를 뜯어 노모가 싸준 된장에 싸 먹었다
구절초밭 풀을 매다가 오동나무 아래 들어 쉬었다
종연이양반이 염소에게 먹일 풀을 베어가고 있었다
사람은 뒷모습이 아름다워야 한다고 생각했다

_『웃는 연습』, 창비, 2017

일을 열심히 했다. 얼마나 열심히 했냐면 허리 관절이 뻐근해져도 자세를 고쳐 잡지 않았고 어깨가 떨어져 나갈 것 같아도 타자를 쳤다. 화장실에 가고 싶지만 참았고 식사는 10분을 넘기지 않았다. 이 기세로 일해야 다 할 수 있을 것 같았다. 특별한 일은 아니다. 이게 바로 현대인의 흔한 일상이다.

퇴근길에는 버스를 기다리면서 핸드폰을 뒤적거렸다. 좋아하는 시를 보관하는 폴더가 따로 있다. 수백 개의 시 사이를 뒤적거리다가 이 시에서 멈칫했다. 버스가 도착했을 때는 울고 싶은 심정이 됐다. 다 이 시 때문이다. 시를 읽다가 내가 이 시의 풍경 속에서 살고 싶어 했다는 사실을 깨달았기 때문이다.

가고 싶은 곳에 가기 위해 일하고 있는데, 정작 가고 싶은 곳을 가지 못한다. 살고 싶은 삶을 살고 싶어서, 살고 싶은 삶을 살지 못한다. 이것이 바로 현대인의 흔한 아이러니다.

마지막 행에 "사람은 뒷모습이 아름다워야 한다"는 말이 나온다. 여기서 아름다운 뒷모습은 아마 '종연이양반'의 것이리라. 그렇지만 우리도 시의 한 조각 정도는 취할 수 있지 않을까. 이 도시에서 찔레꽃은 못 가져도 조금은 아름다운 뒷모습을 가진 인간이 되고 싶다.

시

나태주

마당을 쓸었습니다
지구 한 모퉁이가 깨끗해졌습니다

꽃 한 송이 피었습니다
지구 한 모퉁이가 아름다워졌습니다

마음속에 시 하나 싹텄습니다
지구 한 모퉁이가 밝아졌습니다

나는 지금 그대를 사랑합니다
지구 한 모퉁이가 더욱 깨끗해지고
아름다워졌습니다.

_『시, 마당을 쓸었습니다』, 푸른길, 2016

동아일보에 매주 한 편의 시를 소개하는 칼럼을 썼다. 10년 가까이 쓰다 보니 힘들었다. 이제 그만해야겠다고 말했더니 왜 내 시는 다루지도 않고 코너를 끝내느냐고, 나태주 시인이 항의한 적이 있다. 내가 내 아버지의 작품을 소개하는 것은 쑥스럽고 점잖지 않은 일이다. 그래도 500명이 넘는 시인을 소개하면서 가족이라는 이유로 나태주 시인을 빼놓기는 섭섭해 이 시를 실었었다.

사람들은 아버지의 시 중에서 어떤 걸 제일 좋아하느냐고 질문하곤 한다. 시인 나태주에 대해서는 「대숲 아래서」, 우리를 위해서는 「행복」, 그리고 아버지 인생 그 자체로는 이 작품을 떠올리게 된다.

꽃 곁에 있으면 향기가 묻고, 햇살 곁에 있으면 온기가 전해지기 마련이다. 맑고 고운 시를 읽다 보면 마음에 새살이 차오르는 느낌을 받는다. 그 느낌은 사라지지 않고 우리를 어느 방향으로든 나아가게 해준다. 여기 나태주 시인의 「시」 역시 좋은 차오름을 경험하게 해준다.

내가 알기로 이제 이 시인의 소원은 단 한 가지밖에 없다. '세상이 덜 아팠으면 좋겠다'는 것. 너무 큰 소원을 위해 여든이 넘은 시인은 종종걸음으로 뛰어다닌다. 나는 자주 보지도 못한다. 바쁜 시인의 퉁퉁 부은 발을 위해 신발이나 사서 보내야겠다.

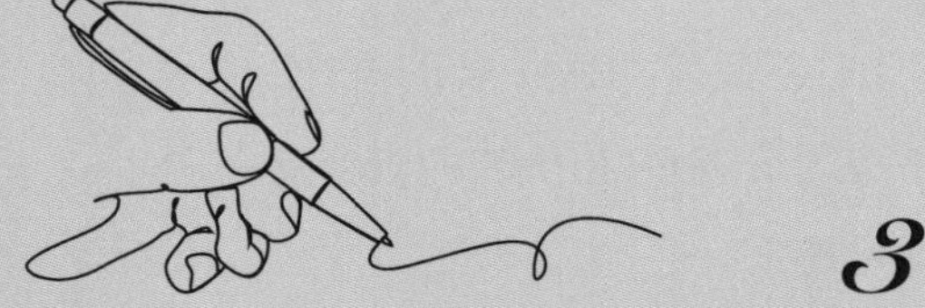

3

사랑을 곁에 두었다

"사랑한다는 단어 하나 없이
뜨겁기만 한 말들."

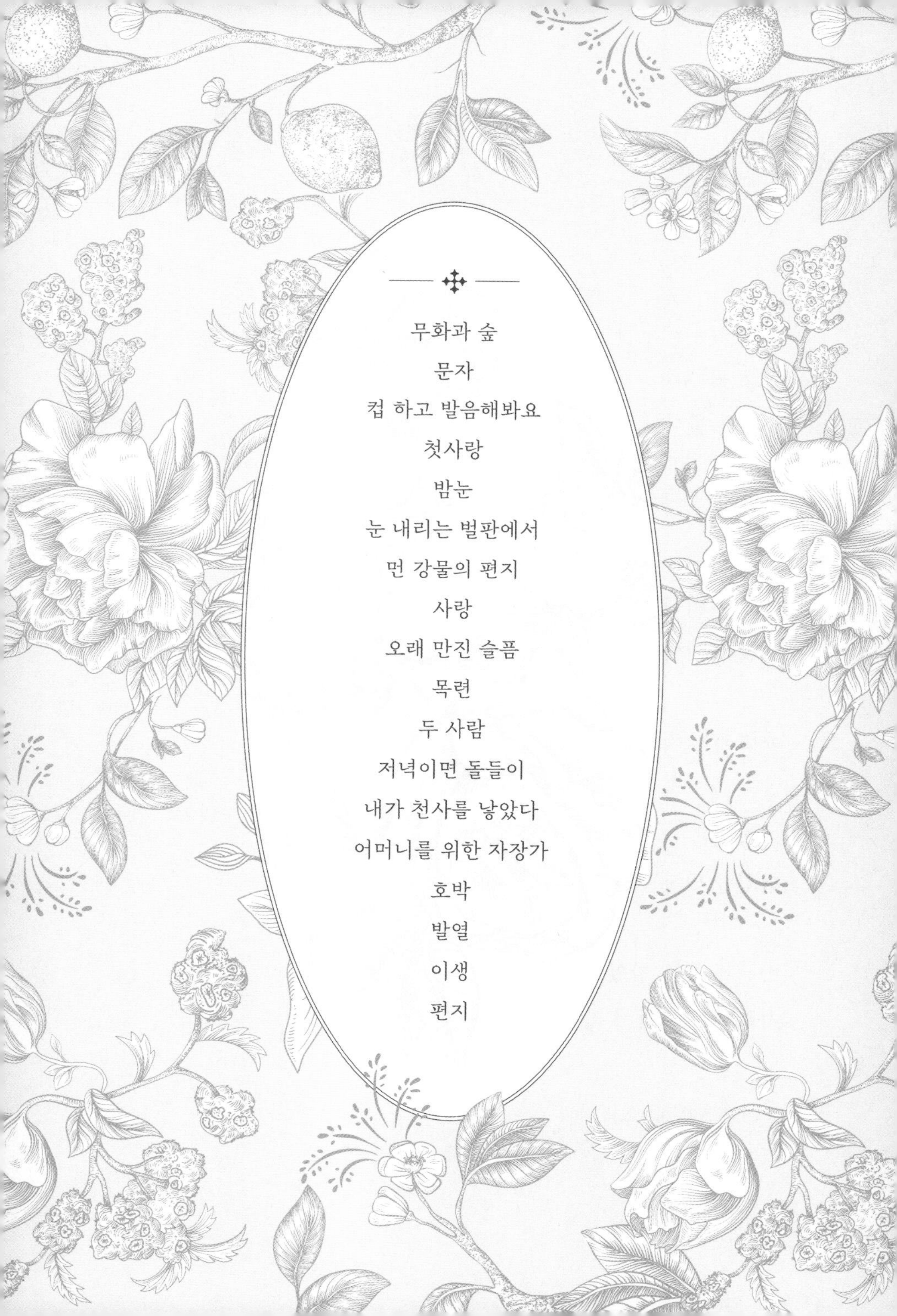

무화과 숲

문자

컵 하고 발음해봐요

첫사랑

밤눈

눈 내리는 벌판에서

먼 강물의 편지

사랑

오래 만진 슬픔

목련

두 사람

저녁이면 돌들이

내가 천사를 낳았다

어머니를 위한 자장가

호박

발열

이생

편지

무화과 숲

황인찬

쌀을 씻다가
창밖을 봤다

숲으로 이어지는 길이었다

그 사람이 들어갔다 나오지 않았다
옛날 일이다

저녁에는 저녁을 먹어야지

아침에는
아침을 먹고

밤에는 눈을 감았다
사랑해도 혼나지 않는 꿈이었다

_『구관조 씻기기』, 민음사, 2012

한눈에 반할 때가 있다. 처음 본 그 순간에 모든 것이 결정된다. 마음이 덜컥 기우는 건 의외로 순식간이다. 왜 반했느냐고 물어보면 금방 대답할 수 없다. 이유를 따져서 반한 것은 아니기 때문이다. 시를 한두 편 보는 게 아닌데, 이 시는 처음 보자마자 '너무 좋다' 느꼈다. 사람이 사람 아닌 것에 반할 수도 있다는 사실을 이 시가 알려주었다.

시에는 설명이 많지 않다. 쌀 씻는 저녁은 가까이 보이고, 사랑하는 꿈은 희미해 보인다고 말할 뿐이다. 그렇지만 우리는 시를 읽어가며 저절로 이해하게 된다. 밥 챙겨 먹는 오늘은 껍데기고, 그 사람을 사랑하던 옛날이 알맹이다. 그 사람을 잃은 나는 허깨비고, 그 사람을 사랑하는 나만 진짜배기다. 시인은 그걸 흐릿하게 그려내는데 독자들은 분명하게 알아듣는다.

"너는 그런 걸 어떻게 다 기억하니" 시인의 다른 시 「이미지 사진」에 나오는 구절이다. 맞다. 시인은 기억하지 못할 것을 기억하는 사람, 잃어가는 기억도 찾아오는 사람이다. 사랑을 잃은 사람에게 기억마저 사라진다면 얼마나 무서울 것인가. '님은 갔지만 나는 님을 보내지 아니하였다'는 노래의 가장 아름답고 섬세한 버전이 바로 여기에 있다.

문자

김경후

다음 생애
있어도
없어도
지금 다 지워져도

나는
너의 문자
너의 모국어로 태어날 것이다

_『열두 겹의 자정』, 문학동네, 2012

우리는 정지용이라는 시인의 이름을 곧잘 기억한다. 유명한 시 몇 편이 따라오는 유명한 시인이라는 사실도 익히 알고 있다. 그런데 왜 정지용이 유명한 걸까. 그건 바로 『정지용 시집』 때문이다.

『정지용 시집』은 1935년에 나왔다. 이 시집은 단순한 책이 아니라 그야말로 하나의 사건이었다. 이양하 작가는 가난한 우리말이 정지용의 손에 의해 아름다운 말이 되었다고 극찬했다. 정지용의 시집에서 "우리는 조선말의 무한한 가능성을 구체적으로 알게 되었다"는 것이다. 즉, 정지용의 명성은 그의 모국어 능력과 사랑 때문에 가능했다.

모국어는 문학에서만 중요한 것이 아니다. 모국어는 우리의 삶 그 자체에 매우 결정적이다. 문화, 정서, 역사, 소통 모두 모국어 위에 놓여 있다. 모국어를 잃으면 그 모국어로 이루어진 영역을 흡수할 수가 없다. 모국어란 단순한 문자 체계가 아니라 우리의 영혼과 몸을 채우고 있는 절대적인 무엇이다.

김경후 시인은 말을 다루고 사랑하는 시인답게 모국어의 절대적인 속성을 익히 알고 있다. 이 시에서 그는 모국어의 절대성을 이용해서 간절한 고백을 이루어냈다. 사랑한다는 말은 한마디도 들어 있지 않지만 이 시는 언어의 수준에서 할 수 있는 최고의 애정 표현을 담고 있다.

너의 과거와, 미래와, 의식과, 표현을 지배하고 있는 모국어가 되고 싶다는 말은 어마어마하다. 이 생에서 이루지 못한다면 다음 생에서라도 이루겠다는 말은 무시무시하다. 하여 사랑한다는 단어 하나 없이 뜨겁기만 한 이 시를 놓고 생각한다. 이 생에서 나는 누군가의 모국어인 적이 있었던가. 과연 누군가를 모국어로 받든 적이 있었던가.

컵 하고 발음해봐요

김복희

개천에서 아픈 개 비린내가 난다

죽기로 작정한
개가 온 힘을 다해
손바닥을 핥아주고 있는 것 같다

만나자마자
컵에 물을 채운다
내가 한 번
네가 또 한 번
너를 위해 얕게
나를 위해 네가 또 얕게
컵
하나에 물을 따르고
물을 나누어 마신다
네가 한 번
내가 또 한 번
컵의 완결은 어떻게 나는 걸까

눈을 바라보면서

몸을 꼭 붙이고 있었다

너는 공책을 가득 채운 가방을 메고 내 손을 잡았다

_『스미기에 좋지』, 봄날의책, 2022

“어떤 시집을 사면 좋을까요?” 시를 주제로 강연을 하면 종종 이런 질문을 받는다. 개인마다 읽는 취향이 따로 있고 시인마다 스타일이 다르다. 그러니까 이건 굉장히 어려운 질문이다. 어떤 사람은 유명한 출판사에서 나오는 시집을 산다. 다른 사람은 베스트셀러에 자주 오르는 시인의 이름을 보고 고른다. 다 괜찮은 방법이지만 매번 만족하는 건 아니다. 책 사기는 소개팅과 비슷해서 열 번을 해도 맘에 맞는 책을 딱 만나기가 쉽지 않다.

마음에 들었던 시집이 있다면 그 시집이 나오는 출판사의 신간 알림을 받으면 좋다. 『걷는사람 시인선』, 『아침달 시인선』처럼 시작된 지 오래되지 않았어도 좋은 시집을 내는 시리즈를 살펴보는 것도 방법이다.

그러다 보석 같은 시집을 발견하는 것은 큰 기쁨이다. 이 시는 그렇게 어렵게 만난 기쁨이다.

“개천에서 아픈 개 비린내가 난다”는 충격적인 표현으로 시작하는 이 작품은 사실 굉장히 따뜻한 작품이다. 물이라는 것은 우리를 살리는 생명의 상징이다. 시에는 목이 마른 두 사람이 만나 너를 위해 내가, 나를 위해 네가 물을 나누는 장면이 감각적으로 그려져 있다. 그 과정에 대한 표현도 표현이지만 하나의 컵으로 서로에 대한 사랑과 마음을 나눈다는 사실이 감동적이다.

목마른 사람이 남의 목마름도 안다. 나의 목마름이 나만의 해갈로 끝나지 않고 너의 목마름에 대한 염려로 이어질 수 있다는 사실을 우리는 희망이라고 부른다.

짬이 난다면 나에게 딱 맞는 시집을 찾아보는 것도 좋을 일이다. 너와 내가 함께 나눌 물에 대해 생각해 보는 것은 더 좋을 일이다.

첫사랑

고재종

흔들리는 나뭇가지에 꽃 한번 피우려고
눈은 얼마나 많은 도전을 멈추지 않았으랴

싸그락 싸그락 두드려 보았겠지
난분분 난분분 춤추었겠지
미끄러지고 미끄러지길 수백 번,

바람 한 자락 불면 휙 날아갈 사랑을 위하여
햇솜 같은 마음을 다 퍼부어 준 다음에야
마침내 피워 낸 저 황홀 보아라

봄이면 가지는 그 한번 덴 자리에
세상에서 가장 아름다운 상처를 터뜨린다

한번은 수업 중에 “오늘 출석은 꽃 사진으로 대신한다”고 말하고 학생들을 잠시 내보냈다. 선생님에게 네가 찾은 가장 예쁜 꽃송이를 보여주렴. 이런 이야기였지만 내심 학생들이 스스로에게 꽃송이를 보여주길 바랐다.

평소에 무표정던 학생들도 이날만큼은 달랐다. 돌아올 때는 색색들이 꽃물이 들어 있었다. 저렇게 웃을 줄도 안다는 것을 처음 알았다. 꽃 사진을 들고 오는 그들이 꽃이었다. 우리 반에는 봄꽃보다 예쁜 꽃들이 피어 있다. 지금 우리나라에는 봄꽃보다 고운 꽃들이 살고 있다.

언젠가는 정말로 꽃이라든가 꽃나무, 혹은 꽃 같은 사람이나 꽃의 생각 같은 것들을 수업한다면 좋겠다. 모두가 골똘히 꽃을 생각한다면 생각의 가지 끝에 향내가 나서 좋겠다. 눈에 꽃빛이 담기고 마음에 꽃나무 하나 서겠다. 바로 그 수업에서 이 시를 소개하고 나눠 읽겠다.

이 시는 햇솜 같은 마음을 다 주는 것이 첫사랑이라고 말한다. 그런 사랑을 듬뿍 받아서 나무는 꽃을 피운다. 꽃이 흐드러지게 핀 것을 보면 뭔가 기쁘고 행복한 마음이 드는데, 거기에 사랑의 이야기가 담겼기 때문일지도 모른다. 그렇다면 내일은 꽃이 조금 달리 보이리라.

너희는 황홀한 첫사랑의 증거로구나.
봄꽃은 첫사랑이라서 그렇게 아름답고 짧은 것이구나.

밤눈

김광규

겨울밤
노천 역에서
전동차를 기다리며 우리는
서로의 집이 되고 싶었다
안으로 들어가
온갖 부끄러움 감출 수 있는
따스한 방이 되고 싶었다
눈이 내려도
바람이 불어도
날이 밝을 때까지 우리는
서로의 바깥이 되고 싶었다

시는 춥고 난감한 상황에서 시작한다. 때는 겨울밤이고 장소는 노천역이다. 사방이 트여 바람이 몰아치는데 불행히 눈까지 내린다. 역에서 있는 두 사람은 언 발을 동동거리지만 전동차는 쉽게 오지 않는다.

이렇게 추운 때, 시인은 춥다고 말하지 않았다. 점점 더 추워질 때, 시인은 힘들다고 하지 않았다. 대신 가난한 온기가 서로 만난다면 따듯한 우리가 될 수 있다고 알려주었다. 추운 한 사람은 겨우 '추운 한 사람'이 아니라 '온기가 될 수 있는 한 사람'이라고 말해 주었다.

가장 추운 곳에서 만난 추위는 고난이지만, 그것은 때때로 타인과 나를 단단하게 연결하는 이유가 되기도 한다. 그러한 사실을 이 시로부터 건네 들으면, 적어도 몇 밤의 추위는 더 견딜 수 있을 것 같다. 그래서 이 시는 참 고마운 시다. 이런 시를 읽을 때는 36.5도의 체온이 따뜻한 생명체로 태어나서 다행이다 싶다. 손을 따뜻하게 비벼서 사랑하는 사람의 손을 잡아줄 수 있으니까.

눈 내리는 벌판에서

도종환

발이 푹푹 빠지는 눈길을 걸어
그리운 사람을 만나러 가고 싶다
발자국 소리만이 외로운 길을 걸어
사랑하는 사람을 만나러 가고 싶다
몸보다 더 지치는 마음을 누이고
늦도록 이야기를 나누며 깊어지고 싶다
둘러보아도 오직 벌판
등을 기대어 더욱 등이 시린 나무 몇 그루뿐
이 벌판 같은 도시의 한복판을 지나
창밖으로 따스한 불빛 새어 가슴에 묻어나는
먼 곳의 그리운 사람 향해 가고 싶다
마음보다 몸이 더 외로운 이런 날
참을 수 없는 기침처럼 터져오르는 이름 부르며
사랑하는 사람 있어 달려가고 싶다

명절에는 여전히 많은 이들이 고향으로 떠난다. 길 나선 사람들은 얼마나 바쁜가. 바빠서 한숨 폭 내쉬는 순간 이 시가 우연히 눈에 들어온다면 좋겠다. 오늘 나는 바빠야 옳았구나, 생각할 수 있을 것이다.

먼 데 가족을 만나러 가는 길은 피곤하기도 하다. 하루하루 피곤한데 가족까지 챙겨야 해서 짜증이 날 때 이 시가 우연히 눈에 들어온다면 좋겠다. 잠시나마 피곤함을 잊을 수 있을 것이다.

시의 주인공은 지금 사랑하는 사람을 만나러 가고 있다. 정확히 말하자면, 만나러 가는 길을 상상하고 있다. 상상 속의 여정은 순탄치 않다. 길에는 눈이 많이 내려서 발목이 푹푹 빠진다. 쉴 곳도 마땅치 않다. 동행하는 이도 없이 걸어야 하는 길은 춥고 외롭다. 그렇지만 이 고난과 외로움은 나쁜 것이 아니다. 그 끝에 사랑하는 사람이 있으니까 기꺼이 눈길을 나설 수 있다.

시를 끝까지 읽고 나면 알게 된다. 이 사람은 눈이 내리는 벌판에 서 있고 싶지만, 사실은 벌판 같은 도시에 머물러 있는 처지다. 당장이라도 그리운 먼 그대에게 가고 싶지만, 그는 무슨 이유에서인지 도시를 떠날 수가 없다. 그래서 이 시에는 유독 "가고 싶다"는 말이 자주 등장한다. 사랑하는 사람에게 못 가니까 더욱 가고 싶어 하는 것이다.

특히 중간에 "마음보다 몸이 더 외로운 이런 날"이라는 구절이 유독 와 닿는다. 좋아하는 사람의 체온과 목소리를 느끼고 싶은데 가진 것은 오직 나 하나라니, 주위의 외로운 온도가 느껴지는 듯하다.

그러니까 웃으면서 가자. 피곤과 짜증을 버리고 가자. 사랑하는 사람이 살아 있을 때, 기다릴 때 가자. 따뜻한 집의 그리운 이를 향해 가고 싶을 때는 그저 달려가자.

먼 강물의 편지

박남준

여기까지 왔구나
다시 들녘에 눈 내리고
옛날이었는데
저 눈발처럼 늙어가겠다고
그랬었는데

강을 건넜다는 것을 안다
되돌릴 수 없다는 것도 안다
그 길에 눈 내리고 궂은비 뿌리지 않았을까
한해가 저물고 이루는 황혼의 날들
내 사랑도 그렇게 흘러갔다는 것을 안다
안녕 내 사랑, 부디 잘 있어라

_『적막』, 창비, 2005

한창 일하고 있는데 눈이 많이 내렸다. 내 직장은 학교고, 산에 있어 눈이 내리면 고약해진다. 남들이 학교 바깥으로 향할 때 나는 외투를 입고 더 안쪽으로 걸었다. "첫눈이 오면 너랑 나랑 여기서 만나자." 이런 약속을 25년 전, 나와 그 친구가 이 학교 신입생이었을 때 했었다.

첫눈이 오니까, 만나기로 했으니까, 약속한 장소에 갔다. 주머니에 이 시를 넣어 갔다. 어느새 사람은 늙었고 약속만 남았다. 이 시를 이해하기 위해 갔다고 핑계를 댈 참이다. 다만, 너무 추워서 오래는 못 있었다.

매일매일 읽어도 좋은 시가 있고, 쥐고 있다가 콕 꺼내 읽어야 좋은 시가 있다. 박남준 시인의 시는 특별한 배경과 함께 읽을 때가 좋다. 이 시를 기억했다가 들녘에 눈 내릴 때, 광에서 홍시 꺼내 먹듯 꺼내어 읽자. 송송 가볍게 날리는 눈이 아니고 젖어서 무거운 눈이 내릴 때 읽자. 내가 보기엔 조금 늙고 겉보기에는 많이 늙었는데 마음은 하나도 안 늙은 것 같을 때 읽자. 지나간 청춘이 생각날 때, 바로 그때 읽자.

사랑

양애경

둘이 같이 가고 있는 줄 알았는데
문득 정신 차려 보니
혼자 걷고 있습니다

어느 골목에서 다시 만나지겠지
앞으로 더 걷다가
갈증이 나서
목을 축일만한 가게라도 만나지겠지
앞으로 더 걷다가

뒤를 돌아보니
참 많이도 왔습니다

인연이 끝나고
계속 앞으로 걸어간다고
제자리로 돌아갈 수 있는 게 아닙니다

온 길을 되짚어 걸어가야 합니다

많이 왔을수록
혼자 돌아가는 길이 멉니다

이 시의 제목은 「사랑」이지만 본문에는 '사랑'이라는 말이 한 번도 등장하지 않는다. 그래도 시를 읽으면 우리는 이해할 수 있다. 이것은 분명, 사랑에 대한 시가 맞다.

시인이 말하기를 사랑이란 둘이 함께 걸어가는 것을 뜻한다. 그와는 반대로, 둘이 걷다가 어느새 혼자 걸어가게 되는 것을 일러 우리는 '이별'이라고 부른다. 사랑과 이별의 이야기를 길 걷는 두 사람의 일로 바꾸니 그 뜻이 참으로 잔잔하다.

잔잔함 속에서 주목해야 할 점은 이별 또한 사랑의 일부라는 이 시의 메시지에 있다. 헤어진다고 해서, 이 길을 혼자 걷는다고 해서, 사랑이 완전히 끝난 것은 아니다. 사랑은 그렇게 간단하지 않다.

시의 화자는 혼자 걷고 있지만 언젠가는 다시 만날지 몰라서 사랑의 길을 쉽게 이탈할 수 없었다. 이렇게 사랑의 여운을 혼자 걷는 것도 '사랑'이다. 다시 만날 수 없대도 사랑은 쉽게 끝나지질 않는다. 사랑하면서 걸었던 길을 왔던 만큼 되짚어 가야만 사랑은 비로소 끝이 날 수 있다. 그러니까 외롭게 돌아가는 마음의 복귀까지도 '사랑'이다.

세상에는 이별하는 순간 모든 것이 끝난다고 생각하는 사람들이 많다. 그렇지만 성급해지지 말 것을, 이 시는 당부한다. 헤어지면 둘이 같이 만든 길을 혼자서 지워야 하니까 당연히 힘이 든다. 힘들면 원망이 생겨 난폭해지는 사람도 많다. 그러나 돌아가는 길까지 사랑의 일부라고, 이 시는 이야기한다. 사랑은 소중한 것. 그렇다면 예의를 갖추어 가는 길까지 정중하게 배웅해 주어야 한다.

오래 만진 슬픔

이문재

이 슬픔은 오래 만졌다
지갑처럼 가슴에 지니고 다녀
따뜻하기까지 하다
제자리에 다 들어가 있다

이 불행 또한 오래되었다
반지처럼 손가락에 끼고 있어
어떤 때에는 표정이 있는 듯하다
반짝일 때도 있다

손때가 묻으면
낯선 것들 불편한 것들도
남의 것들 멀리 있는 것들도 다 내 것
문밖에 벗어놓은 구두가 내 것이듯

갑자기 찾아온
이 고통도 오래 매만져야겠다
주머니에 넣고 손에 익을 때까지

각진 모서리 닳아 없어질 때까지
그리하여 마음 안에 한 자리 차지할 때까지
이 괴로움 오래 다듬어야겠다

그렇지 아니한가
우리를 힘들게 한 것들이
우리의 힘을 빠지게 한 것들이
어느덧 우리의 힘이 되지 않았는가

우리는 우리의 등이나 엉덩이를 곧잘 잊고 지낸다. 얼굴이나 손은 그렇게 자주 챙기지만 안 보이는 등은 잘 인식하지 못한다. 그러다 종기라도 나서 욱신거리면 상황은 달라진다. 등이 아프면 등이 자꾸 나를 부른다. 엉덩이가 아프면 엉덩이가 자꾸 나를 보챈다. 있었지만 없었던 곳이 '나 여기 있소' 하고 자기주장을 한다.

고통의 의미는 일종의 발견인 셈이다. 고통이 싫어도 고통으로 인해 얻게 되는 의미까지 싫다고는 할 수 없다. 고통 없는 삶은 불가능하고, 의미까지 없다면 우리는 고통 앞에서 너무 억울하니까 말이다.

이 시에서도 고통이 등장한다. 그것은 훅 들어와 자기 존재를 주장한다. 주머니에 있는 돌처럼 불편하고 신경 쓰인다. 시인은 그것을 신속하게 던져버리라고 말하지 않는다. 고통을 겪은 우리가 알고 있듯이 고통의 돌멩이는 내 맘대로 버릴 수 있는 것이 아니다. 그래서 시인은 '고통아, 너도 나와 함께 가자'는 편을 택한다.

버티고 다듬어 품으면 우리는 조금 더 잘 참고 견디고 이기는 존재가 될 수 있지 않을까. 파도 같은 고통이 날마다 모래 같은 우리를 때리려 든다. 이럴 때 필요한 것은 바로 시에서 말하는 '우리의 힘'이다.

목련

이대흠

사무쳐 잊히지 않는 이름이 있다면 목련이라 해야겠다 애써 지우려 하면 오히려 음각으로 새겨지는 그 이름을 연꽃으로 모시지 않으면 어떻게 견딜 수 있으랴 한때 내 그리움은 겨울 목련처럼 앙상하였으나 치통처럼 저리 다시 꽃 돋는 것이니

그 이름이 하 맑아 그대로 둘 수가 없으면 그 사람은 그냥 푸른 하늘로 놓아두고 맺히는 내 마음만 꽃받침이 되어야지 목련꽃 송이마다 마음을 달아두고 하늘빛 같은 그 사람을 꽃자리에 앉혀야지 그리움이 아니었다면 어찌 꽃이 폈겠냐고 그리 오래 허공으로 계시면 내가 어찌 꽃으로 울지 않겠냐고 흔들려도 봐야지

또 바람에 쓸쓸히 질 것이라고
이건 다만 사랑의 습관이라고

_『당신은 북천에서 온 사람』, 창비, 2018

제목이 그저 「목련」이다. 목련은 나무에 피어난 연꽃이라는 뜻이다. 낭만적인 꽃 이름이 제목이라니 분명 서정적인 시라는 예감이 든다. 그러나 우리는 '목련'이라는 아름다운 꽃의 이미지에 사로잡히지 말아야 한다. 이 시는 목련보다 더 아름다운 이름을 향하기 때문이다.

사실 이 시는 목련이 아니라 "사무쳐 잊히지 않는 이름"에서 시작되었다. 그 이름을 그리워하는 내 마음이 저기 꽃으로 피었다. 시 덕분에 우리는 목련을 볼 때마다 각자 그리운 이름을 떠올린다. 세상에 단 한 송이의 목련만 피었다고 해도 그 안에 새겨질 이름은 수천수만 가지가 될 것이다. 이것이 바로 시의 마법이고 힘이다.

시인들이 모여 좋은 시를 뽑을 때, 이 시를 들고 수런거렸음이 틀림없다. 그들은 “이건 다만 사랑의 습관”이라는 구절에 꽂혔음이 틀림없다. 이 구절은 여러 시인의 작품을 모은 시집의 제목이 되기도 했다. 시인들은 사랑의 습관을 사랑하는 그런 습관을 가진 사람들이니까.

두 사람

이병률

세상의 모든 식당의 젓가락은
한 식당에 모여서도
원래의 짝을 잃고 쓰여지는 법이어서

저 식탁에 뭉쳐 있다가
이 식탁에서 흩어지기도 한다

오랜 시간 지나 닳고 닳아
누구의 짝인지도 잃은 것이 무엇인지 모르고 살다가도
무심코 누군가 통에서 두 개를 집어 드는 순간
서로 힘줄이 맞닿으면서 안다

아, 우리가 그 반이로구나

(후략)

_『바다는 잘 있습니다』, 문학과지성사, 2017

어린 사람은 내가 뭐든 될 수 있다고 생각한다. 우리는 이 헛된 생각이 예뻐서 '꿈'이라는 고운 이름을 붙였다. 젊은 사람은 내가 무엇이든 꿈꿨으나 무엇도 되기 어렵다는 것을 깨닫는다. 우리는 이 아픈 과정을 응원하고 싶어 '청춘'이라는 씩씩한 이름을 붙였다.

꿈꾸는 시기와 청춘의 시기가 지나면 사람의 한계에 대해서 더 많이 알게 된다. 사람에게는 뜻대로 이루어지지 않는 일이 뜻대로 이루어지는 일보다 더 많다. 이 사실을 물끄러미 바라보면서 작은 일에 감사하고 잃은 것을 겸허하게 받아들이려고 노력하게 된다.

「두 사람」이라는 시도 그렇게 태어나지 않았을까 싶다. 이 시는 젓가락의 이야기를 빌려 사람의 인생과 만남을 그리고 있다. 젓가락은 찬란한 꿈과 청춘의 시기를 지나 낡고 닳은 처지가 되었는데, 그때까지도 잃은 것이 무엇인지 모르고 있었다. 그러다가 어느 순간 운명적으로 제 짝을 만나게 되었다.

이 시를 읽으면서 누군가의 얼굴을 떠올린 사람은 행복한 사람이다. 그에게는 연인이 있었거나 있다는 말이다. 그런데 '짝'이 꼭 연인만을 의미하는 것은 아니다. 친구도, 자식도, 일도, 취미도 다 짝이다. 마음에 깊이 들어오는 충만한 그것은 모두 '짝'이 될 수 있다.

한용운 시인은 "그리운 것은 모두 님"이라고 말했는데, 이 시에 의하면 '너로구나' 싶은 것은 다 짝이다. 인생의 다른 이름을 '짝을 찾아서'라고 붙여보면 좀 더 살만하지 않을까 싶다.

저녁이면 돌들이

박미란

저녁이면 돌들이
서로를 품고 잤다

저만큼
굴러 나가면
그림자가 그림자를 이어주었다

떨어져 있어도 떨어진 게 아니었다

간혹,
조그맣게 슬픔을 밀고 나온
어린 돌의 이마가 펄펄 끓었다

잘 마르지 않는 눈빛과
탱자나무 소식은 묻지 않기로 했다

_『누가 입을 데리고 갔다』, 문학과지성사, 2019

“저녁이면 돌들이 서로를 품고 잤다.”

첫 구절만 봐도 더 고민할 필요가 없다. 진정한 맛집에는 긴 설명이 필요치 않은 법이다. 저녁에 서로를 품고 자는 돌들이라니. 이 말을 들은 순간 우리는 그것들을 본 적도 없으면서 이미 본 듯도 하다.

사실 우리는 저 돌이 어디에 있는지, 무엇인지 너무 잘 알고 있다. 궁금하면 어두운 밤중에 깨어 있으면 된다. 피곤에 찌든 남편은 방구석에서 이를 갈며 잔다. 어린 자식은 몸을 공처럼 동그랗게 말고 잔다. 더 큰 자식은 팔다리를 대자로 펼치고 잔다. 그 모습을 바라보자면 ‘서로 품고 자는 돌들’이라는 표현을 이해하게 된다.

우리는 하루 종일 데굴데굴 구르는 돌처럼 산다. 높으신 그분이 시키시면 앞구르기도 하고, 뒤구르기도 한다. 구르다가 상처도 입고 속에 금이 가기도 한다. 다난했던 하루를 끝내고 집에 돌아온 돌에게는 다른 돌들이 위안이고 희망이다. 돌아갈 집이 있고 함께 기대어 잠들 가족이 있다는 것은 당연한 게 아니다. 그건 매우 고마운 일이다.

옛날에는 아궁이에 돌을 데워 그것을 품고 잤다고 한다. 사랑하는 사람이 생기면 뜨끈하게 데운 돌을 슬쩍 쥐여 주기도 했다. 가슴이 버석하게 말라가고 내가 무정한 돌인지, 돌이 무정한 나인지 헷갈리는 날에는 이 시를 읽는다. 우리는 돌이 아닌 사람이니까 마음이라도 뜨끈한 온돌을 닮아가면 좋겠다.

내가 천사를 낳았다

이선영

내가 천사를 낳았다
배고프다고 울고
잠이 온다고 울고
안아달라고 우는
천사, 배부르면 행복하고
안아주면 그게 행복의 다인
천사, 두 눈을 말똥말똥
아무 생각 하지 않는
천사
누워 있는 이불이 새것이건 아니건
이불을 펼쳐놓은 방이 넓건 좁건
방을 담을 집이 크건 작건
아무것도 탓할 줄 모르는
천사

내 속에서 천사가 나왔다
내게 남은 것은 시커멓게 가라앉은 악의 찌끄러기뿐이다

_『일찍 늙으매 꽃꿈』, 창비, 2003

한 엄마가 아기를 낳았다. 그런데 이 시에는 아기, 아이라는 단어가 한 번도 등장하지 않는다. 그 대신 '천사'라는 말만 나온다.

아기는 그저 배고프거나 안아달라는 이유로만 운다. 욕심도 부릴 줄 모르고, 남을 탓할 줄도 모른다. 행복의 조건도 아주 단순하다. 그래서 엄마는 아기를 천사라고 부른다. 이 말에 이의를 달 사람은 없다. 깨끗한 천사가 이 땅에 왔다는 사실이 그저 감사할 뿐이다.

아이를 낳은 엄마의 눈으로 보면 마지막 두 줄이 짠하다. 내가 가진 것 중에 좋은 것이 있다면 천사인 아기가 되어 나왔을 것이고, 나에게는 다 주고 남은 찌끄러기만 남았다는 말이 쓰라리다. 그만큼 아이의 순백을 숭배한다는 의미일 텐데 나는 악의 찌끄러기를 안아주고 싶다. 천사를 만들고 낳은 그 배를 안아주고 싶다.

엄마, 당신도 예전에는 누군가의 천사였답니다.

어머니를 위한 자장가

정호승

잘 자라 우리 엄마
할미꽃처럼
당신이 잠재우던 아들 품에 안겨
장독 위에 내리던
함박눈처럼

잘 자라 우리 엄마
산 그림자처럼
산 그림자 속에 잠든
산새들처럼
이 아들이 엄마 뒤를 따라갈 때까지

잘 자라 우리 엄마
아기처럼
엄마 품에 안겨 자던 예쁜 아기의
저절로 벗겨진
꽃신발처럼

_『이 짧은 시간 동안』, 창비, 2004

달력에는 어버이날이 딱 하루다. 그런데 정해진 그날만 어버이를 위한 날일까. 살기 바쁘고 멀리 떨어져 있는 자식한테는 부모 만나는 날이 다 어버이날이다. 부모 생각에 가슴이 찡한 날이 다 어버이날이다. 그러나 현실적으로 그 모든 날을 다 세도 많지가 않다. 나의 날, 내 자식의 날에 비해서 어버이의 날은 얼마나 적은가.

어머니가 영원히 살고 나도 영원히 산다면 덜 애틋했을 것이다. 하지만 언젠가는 헤어진다는 사실이 우리를 몹시 애절하게 만든다. 정호승 시인의 시에는 그 마지막 헤어짐의 순간이 담겨 있다.

원래 헤어짐은 사건의 하나여서 순간에 지나가야 하는 것이 맞다. 그러나 부모와 헤어지는 사건은 결코 순간일 수 없다. 그것은 몇 주, 혹은 몇 년 동안 마음 안에 오래 머문다. 어머니는 자식의 시작이면서, 한때는 자식의 세계 그 자체였기 때문이다. 그러니까 이 시는 어머니 편히 쉬시라는 말에 그치지 않고, 어머니를 아주 오래 그리워하고 사랑하겠다는 말로 들린다.

한 아들과 그의 어머니 이야기일 뿐이지만 이 시를 읽으면 나의 어머니를 그리워하지 않고는 배길 수가 없다. 좋은 시는 항상 나의 이야기로 돌아오기에.

호박

이승희

엎드려 있었다지, 온 생애를 그렇게

단풍 차린 잎들이 떨어지며
는실난실 휘감겨와도
그 잎들 밤새 뒤척이며 속삭였건만
마른풀들 서로 몸 비비며
바람 속으로 함께 가자 하여도
제 그림자만 꾹 움켜잡고
엎드려만 있었다지.

설움도 외로움도 오래되면 둥글어지는 걸까
제 속 가득 씨앗들 저리 묻어두고
밤낮으로 그놈들 등 두드리며
이름도 없이, 주소도 없이
둥글게 말라가고 있었다지.

늙은 호박을 잡아
그 둥글고 환한 속을 본다
사리처럼 박힌
단단한 그리움.

_『저녁을 굶은 달을 본 적이 있다』, 창비, 2006

왜 세상의 많은 엄마들은 엄마가 됨과 동시에 둥근 얼굴과 둥근 체형으로 변해 가는 걸까. 왜 젊었을 때 날카로운 턱선, 샤프한 눈매의 남자들도 아빠가 되면서 푸근푸근 둥글어 가는 걸까. 엄마가 더 엄마가 될수록, 아빠가 더 아빠가 될수록 그들은 둥글해진다. 나잇살, 운동 부족 때문일 수도 있다. 그런데 이 시는 전혀 다른 이유를 말해준다. 사람이 둥글어지는 이유에 대해서는, 늙은 호박이 가장 잘 알고 있다.

시에 나오는 호박은 사실, 엄마이며 아빠다. 또는 할머니이고 할아버지, 우리 세상의 좋은 어른들이다. 그들은 지금 최선을 다해 열심히 둥글어지는 중이다. 남들이 보기에는 그냥 엎드려 있는 것으로 보일지도 모른다. 미련한 사람으로 보일 수도 있다. 하지만 이 시의 호박은, 그런 오해를 거두라고 말해준다.

가을의 호박은 퍽 위대한 일을 하느라 늙고 둥글게 변했다. 그는 품에 가득 씨앗을 담아 키우고 있다. 어여쁜 녀석들 등을 밤낮으로 두드려주고 있다. 그러려고 멋진 유혹들을 모두 사양하면서 인내하고 있다.

온 생애를 바쳐 씨앗을 사랑하는 건 결코 나쁘지 않다. 씨앗을 잘 사랑하려고 자기 이름을 덜 키우는 사람은 바보나 낙오자가 아니다. 오히려 이 세상 구석구석 잘 익은 호박들이 많아지면, 세상은 훨씬 훤해질 것이다.

낙엽 지고 쓸쓸한 밭에서 잘 익은 호박을 만나면 반갑고 뿌듯한 법이다. 그러니까 세상의 많고 좋은 엄마 아빠들, 좋은 어른들은 호박 같은 자신을 더 칭찬해 줄 필요가 있다. 커리어의 정점에서 내려왔으면 뭐 어떤가. 그들은 지금 훌륭하게 둥글어지는 중이다.

발열(發熱)

정지용

처마끝에 서린 연기 따라
포도순이 기어나가는 밤, 소리 없이,
가물음 땅에 스며든 더운 김이
등에 서리나니, 훈훈히,
아아, 이애 몸이 또 달아오르노나.
가쁜 숨결을 드내쉬노니, 박나비처럼,
가녀린 머리, 주사 찍은 자리에, 입술을 붙이고
나는 중얼거리다, 나는 중얼거리다,
부끄러운 줄도 모르는 다신교도와도 같이.
아아, 이애가 애자지게 보채노나!
불도 약도 달도 없는 밤,
아득한 하늘에는
별들이 참벌 날으듯하여라.

한글로 쓰인 우리 문학 이야기를 좀 하고 싶다. 나는 국문학과를 나왔다. 나올 때는 정신 차리고 나왔는데 들어갈 때는 그렇지 않았다. 어쩌다 보니 이미 국문과 학생이었다. 그러다 어느 순간 결정적으로 국문학을 사랑하게 되었다. 그 순간이란 아이러니하게도, '우리의 현대문학은 가난하게 시작했구나'라는 사실을 아는 때였다. 마치 집안의 가난을 알고 나서 철이 드는 아이처럼 말이다.

현대시라는 것은 시작된 지 100년이 조금 넘었다. 처음에 어땠겠는가. 사람도 많지 않았고, 말의 활용도 무르익지 않았다. 학교에서 조선어를 배우는 것 자체도 어려웠다. 그런데도 시를 썼다는 건 대단한 일이다. 게다가 이런 시가 태어났다는 것은 실로 어마어마한 일이다.

이 시는 1935년『정지용 시집』에 수록된 작품이다. 앞서 말했듯이 모국어의 묘미와 매력을 최대치로 꽃피운 시집이었다.

애끓는 부모 마음도 마음이지만 표현의 탁월함이 우리를 전율케 한다. 애타게 자지러지는 아이와 불도 약도 달도 없는 밤의 대비라니. 간절한 아비의 시야가 흔들려 별들이 참벌 날 듯 흔들려 보인다니. 정녕 이 시는 우리가 한국어를 모국어로 가졌음을 뿌듯하게 만든다.

이생

하재연

엄마가 나 되고
내가 엄마 되면
그 자장가 불러줄게
엄마가 한 번도 안 불러준
엄마가 한 번도 못 들어본
그 자장가 불러줄게

내가 엄마 되고
엄마가 나 되면
예쁜 엄마 도시락 싸
시 지으러 가는 백일장에
구름처럼 흰 레이스 원피스
며칠 전날 밤부터 머리맡에 걸어둘게

나는 엄마 되고
엄마는 나 되어서
둥실

_『우주적인 안녕』, 문학과지성사, 2019

아무래도 선물은 자기 자신보다 타인을 위한 것이기 쉽다. 다른 사람 주려고 선물을 사러 간다고 치자. 뭘 사야 할까. 대개는 내 입맛에 맛있었던 것, 내가 좋아하는 물건을 떠올린다. 나한테 이게 좋았으니, 당신에게도 좋으리라.

이런 생각이 이기적이라고 탓할 수는 없다. 내게 좋은 것을 너에게도 주고 싶은 마음. 이건 상대방을 좋아할 때, 사랑할 때 나오는 마음이다. 이런 마음을 받게 된다면, 혹은 주게 된다면 아주 기쁠 것이다. 이 시에는 그런 마음을 받아본 기억이 담겨 있다.

화자가 엄마에게서 받았던 것 중에서 아주 좋았던 선물은 자장가였나 보다. 그래서 내가 엄마가 된다면, 내 아이가 된 엄마에게 그 좋았던 자장가를 불러주고 싶다 생각한다. 예전에 백일장에 가는 날은 내내 기대되고 행복했나 보다. 팔랑팔랑 하얀 원피스도 입고 가고 싶었나 보다. 사랑하니까 자리를 바꾸어 자신이 가장 하고 싶었던 일을 엄마에게 해주고 싶다. 내가 기뻤던 만큼 내가 사랑하는 사람이 기뻐한다면 가슴이 벅차리라. 간단하게 표현하자면 사랑의 역지사지인 셈이다.

좋은 기억을 가져본 마음은 좋은 기억을 만들 줄도 안다. 사랑도 받아본 사람이 되돌려주는 기쁨을 안다. 엄마가 불러줬던 자장가 한 구절마저도 사라지지 않고 시가 되어 돌아온다. 이런 생각을 하면 미움이나 화도 조금 수그러든다.

내 좋은 마음이 누군가의 마음을 거쳐 어떻게 자랄지는 아무도 모를 일이다. 오늘만큼은 좋은 생각, 좋은 태도를 귀하게 가꾸고 싶다.

편지

윤동주

누나!
이 겨울에도
눈이 가득히 왔습니다.

흰 봉투에
눈을 한 줌 넣고
글씨도 쓰지 말고
우표도 붙이지 말고
말쑥하게 그대로
편지를 부칠까요?

누나 가신 나라엔
눈이 아니 온다기에.

드라마 「도깨비」에는 '시'가 가득했다. 한 주인공은 시를 필사했고, 다른 주인공은 시를 읊었다. 풍경에서도 대사에서도 '시적인 것'들이 날개를 단 듯 날아다녔다. 그중에서도 떠난 연인이 눈으로, 비로 내리는 장면은 빼놓을 수 없다.

첫눈이 올 때 사랑하는 사람이 진짜, 물론 드라마 속에서만 진짜지만, 돌아왔던 것이다. 우리에게 이런 회귀나 부활의 장면이 가슴 벅찬 것은 현실이 그렇지 않기 때문이다. 실제로 떠난 사람이 눈과 함께 돌아오는 일은 없다. 없다는 것을 너무나 잘 아니까 하얀 눈, 또는 눈에 깃들어 계실 어떤 분이 더 아름답게 상상된다.

재미있게도, 윤동주의 시에서도 비슷한 상황을 찾아볼 수 있다. 윤동주의 세계에 어느 날 눈이 내렸다. 시인은 그것을 사랑하는 누나와 나누고 싶었다. 편지 봉투에 넣어 보낸다면 어떨까. 봉투에 넣은 눈은 곧 녹아 버릴 것이다. 우표도 주소도 없이 부친다면 어떨까. 역시 어림없는 소리다. 사실, 시인의 편지는 결코 부칠 수 없는 편지였다. 누나는 이미 하늘나라 사람이었기 때문이다.

그래도 시인은 상상하기를 멈추지 않았다. 이 눈을 누나와 함께 보면 얼마나 좋을까. 시인은 눈을 보면서 그리운 누나를 떠올렸다. 시에는 편지를 보내고 싶다는 말만 적혔지만, 우리는 알고 있다. 눈이 오자, 시인의 마음에 누님이 찾아온 것이다. 누님 생각이 눈과 함께 찾아온 것이다. 그래서 눈은 눈이면서 한편으로는 눈이 아니기도 하다.

현실은 연약하지만 상상은 그렇지 않다. 그러니 우리도 시인처럼 상상해 보자. 눈은 내렸고, 또 내릴 것이다. 누군가의 마음 안에서 아버지와 어머니, 누나와 형제, 혹은 잃어버린 소중한 무엇이 눈과 함께 돌아오면 좋겠다.

4

가을이나 바람처럼 쓸쓸한 것들

"위로가 무력할 때에는
내가 아는 가장 아픈 시를 읽는다."

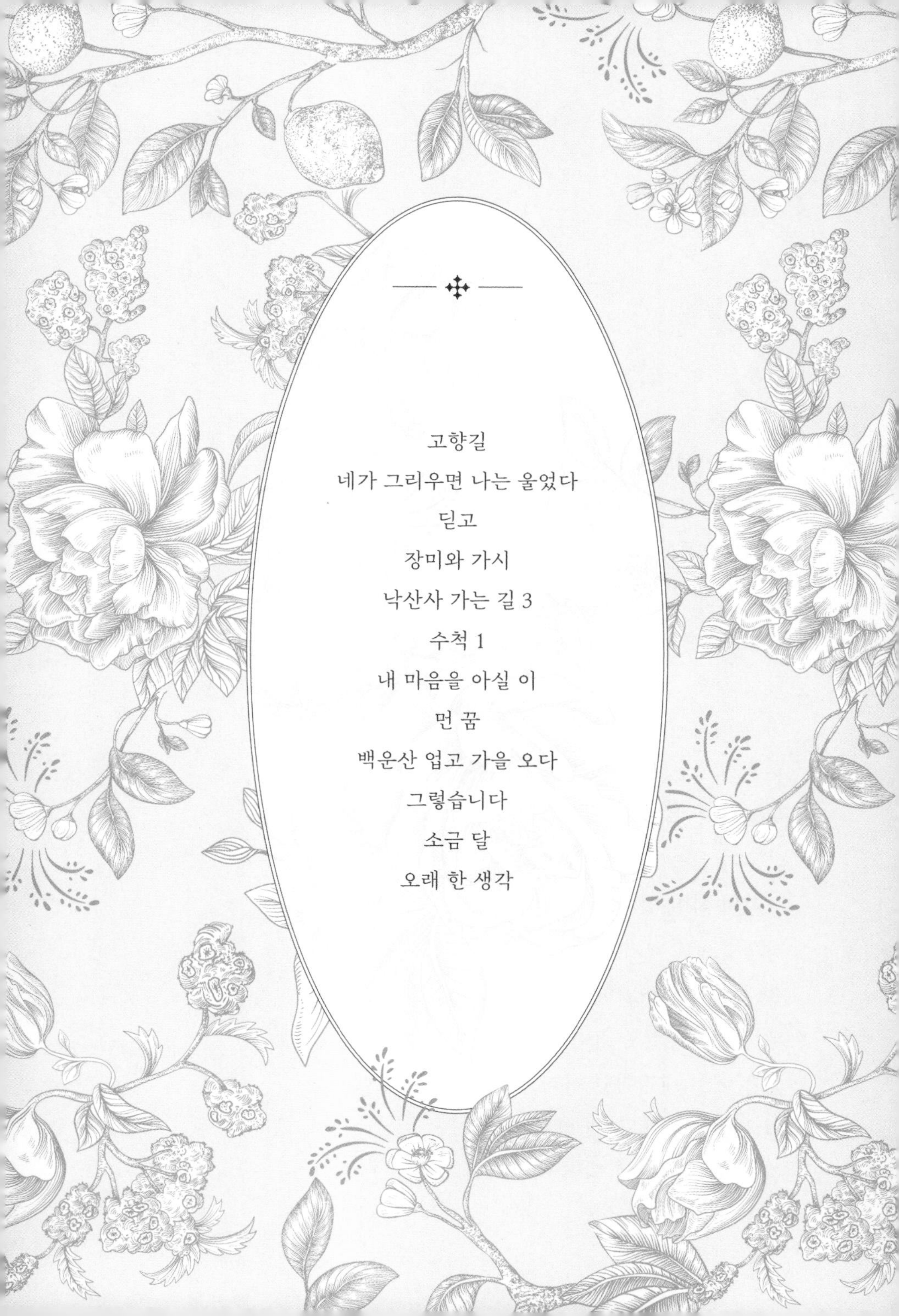

고향길

신경림

아무도 찾지 않으려네
내 살던 집 툇마루에 앉으면
벽에는 아직도 쥐오줌 얼룩져 있으리
담너머로 늙은 수유나뭇잎 날리거든
두레박으로 우물물 한모금 떠마시고
가윗소리 요란한 엿장수 되어
고추잠자리 새빨간 노을길 서성이려네
감석 깔린 장길은 피하려네
내 좋아하던 고무신집 딸아이가
수틀 끼고 앉았던 가겟방도 피하려네
두엄더미 수북한 쇠전마당을
금줄기 찾는 허망한 금점군 되어
초저녁 하얀 달 보며 거닐려네
장국밥으로 허기를 채우고
읍내로 가는 버스에 오르려내
쫓기듯 도망치듯 살아온 이에게만
삶은 때로 애닯기만 하리
긴 능선 검은 하늘에 박힌 별 보며
길 잘못든 나그네 되어 떠나려네

이 시는 대학수학능력시험 문제집에 단골처럼 등장한다. 주제가 뭔지, 성격이 뭔지, 밑줄 그어가며 외우는 시라는 말이다. 숨 가쁘게 공부하는 아이들에게 시를 음미할 시간이 어디 있으랴. 시의 결이라든가, 여운을 음미할 여유가 어디 있을까. 무슨 말인지조차 잘 모르겠는데 무조건 문제를 풀어댔을 것이고, 그러다 보니 싫어지기도 했을 것이다. 시는 지식이 아니라 마음에서 출발하는데, 시험은 마음이 아니라 지식에서 출발한다.

신경림의 「고향길」은 1981년 11월에 발표되었다. 벌써 40년도 전에 이 세상에 나왔다. 수십 년 전의 고향길이란, 혹은 고향을 떠나던 발걸음은 어떠했을까. 이 시에는 가난한 집에서 태어난, 아마도 한창 때의 사람이 등장한다.

원래 청년이란 푸른 꿈을 가진 사람의 이름이다. 그런데 이 사람의 꿈은 이미 노을처럼 쇠하였다. 그에게는 꿈을 꿀 여유가 없다. 집은 돌보는 이가 없어 낡았고, 고향 마을은 이미 황폐해졌다. 희망도 미래도 없는 그곳을 청년은 몹시 사랑했던 것 같다. 사랑하는 마음이 없다면 고향을 등지는 발걸음이 이렇게 안타까울 리 없다.

저 청년은 40년이 지난 지금 어디에 있을까 생각해 본다. 금전꾼이 되어 돈은 좀 벌었을까. 어느 고시원에 피곤한 몸을 의탁했을까. 아직도 허겁지겁 장국밥을 들이켜고 있을까. 시를 읽으니 깊어가는 세월이 더욱 쓸쓸하다. 온 세상의 청춘과, 과거에 청춘이었던 이들이 덜 애달프기를 바라본다.

네가 그리우면 나는 울었다

고정희

길을 가다가 불현듯
가슴에 잉잉하게 차오르는 사람
네가 그리우면 나는 울었다
목을 길게 뽑고
두 눈을 길게 뜨고
저 가슴 밑바닥에 고여 있는 저음으로
첼로를 켜며
비장한 밤의 첼로를 켜며
두 팔 가득 넘치는 외로움 너머로
네가 그리우면 나는 울었다

너를 향한 기다림이 불이 되는 날
나는 다시 바람으로 떠올라
그 불 다 사그러질 때까지
어두운 들과 산굽이 떠돌며
스스로 잠드는 법을 배우고
스스로 일어서는 법을 배우고
스스로 떠오르는 법을 익혔다

(후략)

_『아름다운 사람 하나』, 문학동네, 2022

고정희 시인 하면 떠오르는 단어는 지리산, 그중에서도 뱀사골, 그리고 5월이다. 그의 시집 중에서도 가장 널리 알려진 것이 『지리산의 봄』이다. 이 시는 그 유명한 시집 가운데서 골랐다. 시집에는 '편지 연작'이 수록되어 있는데 이 작품은 연작 10번에 해당한다. 그러나 이 10번을 사람들은 일등으로 기억하고 있다. 아마도 「네가 그리우면 나는 울었다」는 제목 때문일 것이다.

이 제목 앞에서 '멈칫'하지 않을 사람은 적다. 생은 생각보다 길고, 우리는 사람을 생각보다 쉽게 잃는다. 우리는 오늘도 일어나 세수를 하고, 하루의 일과를 보내면서 잃은 사람을 잊고 산다. 그런데 어느 순간 잊었던 그 얼굴이 '불현듯' 떠오를 때가 있다. 시인은 그것을 '가슴에 잉잉하게 차오르는 사람'이라고 불렀다. 차오르면 속수무책이다. 그리워 그냥 울밖에. 시에서 그 사람 보고 싶어 꾹꾹 참아가며 우는 모양이 참으로 애잔하다. 아마 보고 싶어도 볼 수 없는 사람인가 보다.

서점에 들르신다면 고정희의 『지리산의 봄』을 들춰 보시길 바란다. 바쁘시다면, 시집의 뒤표지만이라도 돌아보시라 추천드린다. 시인의 말이 실려 있다. 바쁠 당신이 아쉬워 조금만 옮겨 드린다.

"아무리 우리 사는 세상이 어둡고 고통스럽고 절망적이라 할지라도 …… 우리가 그리워하는 이름들에 대한 사랑을 멈출 수는 없습니다. 이 생각을 하게 되면 내가 꼭 울게 됩니다."

딛고

유병록

선한 이여
나에게 바닥을 딛고 일어서라 말하지 마세요

어떻게 딛고 일어설 수 있을까
네가 활보하다가 잠들던 땅을, 나를 기다리던 땅을

두 팔에 힘을 잔뜩 주고서
구부러진 무릎을 펼쳐서

어떻게 너를 딛고 일어설 수 있을까
여기는 이미 깊은 수렁인데

선한 이여
손 내밀어 나를 부축하지 마세요

어떻게 벗어날 수 있을까
여기에 너의 웃음과 울음을 두고서
나를 부르던 목소리와
너의 온기를 두고서

아무 일도 없던 것처럼
모두 묻어두고서

떠날 수 있을까
여기는 이미 나에게도 무덤인데

_『아무 다짐도 하지 않기로 해요』, 창비, 2020

16세기의 허난설헌은 두 아이를 잃고 나서 「곡자(哭子)」라는 시를 썼다. 어린 두 자식을 잃은 심정이 어찌나 서럽던지 시인은 피눈물로 울음소리를 삼킨다고 표현했다. 그 후로부터 몇백 년이 지났다. 지금은 허난설헌의 시대와 같지 않고 이 땅에는 변하지 않은 것이 없을 정도다. 그렇지만 모든 게 변했다는 것은 착각이다. 자식 잃은 부모, 형제 잃은 가족, 친구 잃은 사람들에게는 허난설헌의 피 토하는 심정이 멀지 않다.

이 또한 모두 지나가리라고 말할 수 없다. 훌훌 털고 어서 일어나라고 독려할 수가 없다. 아무 일도 없었던 것처럼 살 수가 없다. 사랑하는 사람을 잃었을 때는 어서 이겨내라는 말이 들리지도 않는다.

위로가 무력할 때에는 내가 아는 가장 아픈 시를 읽는다. 해설할 수도 없이 가장 아픈 마음을 함께 읽는다. 허난설헌의 자식 잃은 슬픔은 사백 년이 지나도 잦아들지 않았다. 시인의 슬픔은 시 밖으로 철철 넘쳐흐른다. 오늘의 슬픔이 그 슬픔과 다를 리 없고 다를 수 없다.

장미와 가시

김승희

눈먼 손으로
나는 삶을 만져 보았네.
그건 가시투성이였어.

가시투성이 삶의 온몸을 만지며
나는 미소 지었지.
이토록 가시가 많으니
곧 장미꽃이 피겠구나 하고.

장미꽃이 피어난다 해도
어찌 가시의 고통을 잊을 수 있을까
해도
장미꽃이 피기만 한다면
어찌 가시의 고통을 버리지 못하리오

눈먼 손으로
삶을 어루만지며
나는 가시투성이를 지나
장미꽃을 기다렸네.

그의 몸에는 많은 가시가
돋아 있었지만, 그러나,
나는 한 송이의 장미꽃도 보지 못하였네.

그러니, 그대, 이제 말해주오,
삶은 가시장미인가 장미가시인가
아니면 장미의 가시인가, 또는
장미와 가시인가를.

'장미와 가시'라니. 제목만 보면 장미를 찬미하는 시로 오해할 가능성이 있다. 가시 때문에 장미는 더 매력적이라는 둥, 흔히들 하는 말이 있지 않은가. 그런데 오산이다. 이것은 상투적 이야기와는 거리가 멀다. 이 시는 장미가 아니라 삶에 대한 시이다.

시인은 '삶이란 무엇인가'를 물어본다. 철학적으로, 종교적으로 궁금해서 물어보는 것은 아니다. 생의 여정에서 그는 지금 만신창이가 되어 있다. 그러니 처절하게 질문하지 않을 수 없다.

뭐지?

삶이란 뭐지?

뭐길래 이렇게 아픈 거지?

시인이 말하기를, 삶을 살아봤는데 너무 따갑고 아프다. 언젠가는 나아지겠지 하고 더 살아봤는데 더 따갑고 아프다. 고진감래라고 곧 장미가 핀다고 했는데 대체 언제 필지 모르겠다.

이 시에서 가장 가슴 아픈 부분이 바로 이 부분이다. 상처가 장미를 기다리는 장면. 오늘은 숨이 넘어갈 듯 벅차고 아픈데도 장미를 생각하면서 미소 짓는 장면. 오늘의 고통을 오지 않을 장밋빛 미래 때문에 감내하는 장면이 마치 희망고문 같아서 짠하다.

이 시를 읽고 나면 한동안 먹먹해서 앉아 있게 된다. 주변에 아무도 없다면 손을 뻗어 가엾은 자신의 몸을 쓰다듬어 줄지도 모른다. 시인의 상처가 마치 우리 상처 같고, 시인의 장미가 마치 우리 미래 같아서 시를 붙들고 같이 울고 싶어진다. 견뎌온 세월이 장미를 보장해 준다면 얼마나 좋을까.

정작 내가 나를 위해 해줄 수 있는 것은 많지 않지만, 토닥토닥이라도 열심히 해주자. 묵묵하게 아파온 삶과 몸과 마음을 위하여. 이 시는 힘든 세상을 건너는 우리 모두의 시이다.

낙산사 가는 길 3

유경환

세상에
큰 저울 있어

저 못에 담긴
고요
달 수 있을까

산 하나 담긴
무게
달 수 있을까

달 수 있는
하늘 저울
마음일 뿐.

사색하는 사람이 되고 싶다. 아무도 모르게 혼자서, 다른 사람 신경 쓰지 않고 자신에게만 집중하는 시간이 좋다. 단 5분이라도 고요히 앉아 마음을 들여다보고 싶다. 나는 어디에 있고 어디로 가는가. 이런 질문을 쥐고 앉아 있으면 어지러운 마음 호수가 잔잔해질 것만 같다. 그런데 그 5분을 내기가 그렇게 어렵다. 그래서 가끔은 사색을 도와줄 시가 필요하다.

유경환 시인은 아주 여러 편의 「낙산사 가는 길」들을 썼다. 그것을 모아 시집 『낙산사 가는 길』을 내기도 했다. 같은 제목의 연작시라는 말이다. 그중에서도 세 번째, 이 작품이 많은 이의 사랑을 받았다. 이 작품은 정지용문학상 수상작이기도 하다. 유경환 시인은 박두진 시인의 추천으로 등단했는데 박두진 시인은 정지용 시인의 추천으로 등단한 시인이다. 그러니까 유경환 시인이 이 시로 상을 받을 때에는 시인, 스승, 그리고 스승의 스승이 함께했던 셈이다.

시가 간결해 보이지만 허투루 쓰인 말이 없다. "저 못에 담긴 고요, 산 하나 담긴 무게"와 같이 단어 하나하나를 맞춰서 골랐다. 깔끔하게 정제된 시는 오히려 많은 생각을 하게 만든다.

이 작품은 정말 중요한 것은 보이지 않는 마음 뿐이라고 말하고 있다. 이 말을 열매처럼 품고 익어갈 수 있을까. 시를 천천히 읽고 나면 이제는 내 마음을 읽어볼 시간이다.

수척 1

유병록

슬픔이
인간을
집어삼킬
수
있다는
사실을
믿지
않은
시절이
내게도
있었다

_『아무 다짐도 하지 않기로 해요』, 창비, 2020

하늘에서 내리는 비는 좋은 것이라고 배웠다. 비가 와야 싹이 트고, 곡식이 자라고, 열매가 맺힌다고 했다. 물은 그보다 더 좋은 것이라고 배웠다. 그것은 생명의 근원이고, 기본 4원소의 첫 번째라고 했다. 이 말은 오래도록 사실이었다. 모든 사람에게 계속 사실이라면 더 좋았을 것이다. 그러나 이제는 비가 좋고 물이 좋다는 이 말을 영영 믿을 수 없는 사람들이 있다.

해마다 비가 길을 집어삼키고, 집을 삼키고, 사람도 삼켜버린다. 구덩이에 빠진 사람은 구해야지 싶은데 구할 수가 없다. 사라진 사람은 나타나야지 싶은데 나타나지 않는다. 소중한 사람은 함께하고 싶은데 함께할 수가 없다. 비와 물이 사람을 삼켜버릴 수 있다는 사실을 뼛속 깊이 알게 되는 것은 너무나 힘겨운 일이다. 얼마나 힘든지 사람은 두 다리로 서 있을 수 없고, 두 팔을 의지할 수 없고, 두 눈을 뜨고 있을 수 없다.

이 시를 읽으면 자식 잃고 우는 부모의 절규가 들리는 듯하다. 부모 입장에서는 스무 살 자식도, 서른 살 자식도 태어나던 그 순간이 엊그제 같다. 안고 얼러주고, 내 살점보다 더 귀하게 키우던 시절이 찰나 같다. 그런데 순간과 찰나만 남기고 세상의 모든 의미가 사라졌다. 슬픔이 사람을 삼켜버린 우리의 시절이 참으로 막막하다. 막막해서 재난을 겪으면 이 시를 찾게 된다. 슬픔을 외면하지 않기 위해서.

내 마음을 아실 이

김영랑

내 마음을 아실 이
내 혼자 마음 날같이 아실 이
그래도 어데나 계실 것이면

내 마음에 때때로 어리우는 티끌과
속임없는 눈물의 간곡한 방울방울
푸른 밤 고이 맺는 이슬 같은 보람을
보밴 듯 감추었다 내어드리지

아! 그립다
내 혼자 마음 날같이 아실 이
꿈에나 아득히 보이는가

향맑은 옥돌에 불이 달아
사랑은 타기도 하오련만
불빛에 연긴 듯 희미론 마음은
사랑도 모르리 내 혼자 마음은

세상에 혼자 나와서, 혼자 살다, 혼자 죽는 것이 사람의 일생이라고 생각하면 퍽 서글프다. 살다 보면 이 말이 틀린 말이 아니라 참말이구나, 실감할 때가 있다. 특히 혼자 몸이 아플 때, 혼자 마음이 아플 때, 혼자 처지가 아플 때, 혼자의 굴레를 정녕 벗어날 수 없겠구나 느낀다.

이 시도 자기 혼자만의 외로움을 읊고 있다. 나 혼자만의 마음을 알아주시는 임이 계셨으면 좋겠는데 그분은 여기 없다. 없기 때문에 몹시 그립고 애가 탄다. 말하지 않아도 나인 듯 나를 알아주는 그 임에 대해 시인은 절절한 마음을 지니고 있다. 안타깝지만 이 작품은 그 임과 조우하지 못한 상태를 담고 있다.

그런데 실제 김영랑 시인의 곁에는 내 마음을 나보다 더 잘 알아주는 사람이 있었다. 김영랑 시인의 시집을 발간해 주었던 시인이자 친구 박용철이 바로 그 마음의 지기였다. 박용철은 김영랑보다 더 김영랑의 시를 줄줄 외우고 다녔다고 한다. 마음이 시라면, 혹은 시가 마음이라고 한다면 박용철은 김영랑의 마음을 자기 마음속에 품고 다녔다는 뜻이 된다. 그래서인지 이 시를 읽을 때마다 김영랑이 아니라 박용철이 떠오른다. 내용상 연인을 그리워하는 작품이지만, 읽을 때마다 이 시를 외우던 친구 박용철이 떠오른다.

신기하게도 김영랑의 시는 슬픈 듯하지만 슬프지 않다. 그리고 역시 신기하게도, 내 마음을 나같이 아실 이가 도통 없다는 시를 읽으면서 우리는 내 마음을 나같이 아실 이가 분명 있다는 생각을 하게 된다.

먼 꿈

장시우

문득 잠에서 깬 아이는
흐릿한 눈을 비비고
엄마를 부르며 울기밖에 할 줄 모른다
부를 이름조차 잊은
기억의 건너편 저 어둠뿐인 세상 밖에서
불빛이 비치는 풍경은
따뜻하기도 해라
나는 또 어디로 발걸음을 옮겨야 하나
길잡이별조차 없는 어둠 속에서
가만히 혼자 걷는 이 길이 멀기도 하다

_『이제 우산이 필요할 것 같아』, 걷는사람, 2021

다 자란 사람을 우리는 성인이라고 부른다. 그런데 성인이라고 해서 모두 어른은 아니다. 나이를 먹었다고 어른이 아니고, 어른이 되어야 어른이다. 그렇다면 어른이란 무엇인가. 사전을 보면 어른이란 '다 자라서 자기 일에 책임을 질 수 있는 사람'이라고 나온다. 그것이 모호하다면 나는 이 시를 참조하여 어른을 정의하고 싶다.

어른이란 시에 나오는 저 어린애를 안아주는 사람이다. 저 어린애를 걱정해 주는 사람이다. 엄마를 부르며 울기만 하는 저 아이가 내 안에 있는 또 다른 자아이든, 내 밖에 존재하는 진짜 어린아이든 상관없다. 어린아이를 안아주고 보호할 줄 아는 게 어른이다. 그리고 모든 어린아이는 어른 아래서 자랄 권리가 있다.

이 시를 읽으면 사춘기 딸을 원망하다가도 마음을 고쳐먹게 된다. 그래, 너도 저렇게 연약한 아이지. 어느 것도 완벽하게 해내지 못하는 나 자신도 끌어안게 된다. 그래, 나도 저렇게 연약한 아이지. 어느 때에는 사람을, 연약함을 인정하고 받아들이는 사람이 어른의 또 다른 정의라는 생각도 든다.

백운산 업고 가을 오다

신용목

타는 가을 산, 백운 계곡 가는 여울의 찬 목소리
야트막한 중턱에 앉아 소 이루다

추분 벗듯 고요한 소에 낙엽 한 장 떠
지금, 파르르르 물 어깨 떨린다

물속으로 떨어진 하늘 한 귀가
붉은 잎을 구름 위로 띄운다

마음이 삭아 바람 더는 산 오르지 못한다
하루가 너무 높다 맑은 숨 고여

저 물, 오래전에 승천하고 싶었으나

아직 세상에 경사가 남아 백운산
흰 이마를 짚고 파르르르 떨림

_『그 바람을 다 걸어야 한다』, 문학과지성사, 2004

이 시를 쓴 신용목 시인은 가을이나 바람처럼 쓸쓸한 것들을 잘 다룬다. 사실 '다룬다'는 표현은 정확하지 않고, 보이지 않는 것을 시라는 붓끝으로 그려낸다고 말해야 옳다. 눈앞의 사물을 정밀히 그리는 것을 예술 사조로는 극사실주의라고 하는데, 시에서는 보이는 것을 보여주는 것은 그다지 중요하지 않다. 시는 보이지 않는 것을 보아야 하며, 보이지 않는 것을 본 것보다 더 깊이 느끼게 해줘야 한다. 이것이 시가 쉽지 않은 이유다.

첫 구절이 참 묘하다. 가을 산은 붉고 여울은 하얗다. 가을 산은 타고 있으니 상승의 에너지이고 뜨거움이다. 이에 반해 여울은 아래로 내려가는 하강의 에너지요, 차갑다. 가을 산이 붉은 것은 눈에 보이고, 여울이 흐르는 것은 소리로 들린다. 오르려는 마음과 내려가려는 마음, 뜨거운 마음과 차가운 마음, 붉은 것과 하얀 것이 만나 팽팽히 맞설 때 거기에 연못이 생겨났다.

가볍게 오르지 못했고, 시원하니 내려가지도 못했으니 연못은 실패한 것일까. 아니, 시인은 오도 가도 못하는 연못을 너무나 아름답게 그려낸다. 지상에 머물며 모든 계절을 경험하고 세월을 쌓아가는 연못은 낯설지도 않다. 그건 꼭 우리들 같다.

그렇습니다

김소연

응, 듣고 있어
그녀가 그 사람에게 해준 마지막 말이라 했다
그녀의 말을 듣고 그 사람이 입술을 조금씩 움직여 무슨 말을 하려 할 때
그 사람은 고요히 숨을 거두었다고 했다

다른 이야기를 하다가 그녀는
다시 그 이야기를 했고 한참이나 다른 이야기를 하다가 또다시
그 이야기를 반복했다

다른 말을 했어야 한다고 그녀는 여기는 듯했다
겨우 그런 말이 그 사람과의 마지막 말이라는 것을 안타까워하는 듯했다
그것 때문에 그 사람의 마지막 모습을 자꾸 생각하게 되는 듯했다

나는 다른 이야기를 기다리고 있었다
테이블 위에 비친 우리의 머그잔과 머그잔 속 커피에 비친
등불 같은 것을 바라보고 있었다

응, 듣고 있어
응, 듣고 있어
그녀에게 이 말을 하면서 나는 자꾸 다른 곳으로
흘러가고 있었다 그녀의 목소리가 들리지 않을 정도로

먼 곳으로 가게 되었을 때 그 사람과 나는
나란히 앉아 그녀를 안타까이 바라보며 입술을 열었다
그 사람이 그녀에게 꼭 하고 싶은 말이 있다고 했다

응, 듣고 있어
그녀에게 들리든 들리지 않든
그 사람과 나는 그녀에게 이 말을 해놓고서 기다렸다
그녀가 한 번쯤 이쪽을 보기를 기다리고 있었다

_『촉진하는 밤』, 문학과지성사, 2023

이 시를 읽고 김소연 시인의 다른 작품을 궁금해했으면 좋겠다. 장담하건대 어떤 작품에서 당신은 오래 머물 것이고, 여러 작품 속에서 머뭇거릴 것이다.

특히 그의 시는 나 자신이 햇빛 아래 이슬처럼 증발할 것 같을 때 손이 간다. 내 영혼에 물기가 맺혔다 말랐는데 그 자국이 얼룩처럼 남았을 때, 그럴 때 읽으면 좋다. 사람을 스치고 간 말, 기억, 풍경, 마음은 분명 사라진 것 같은데 이상하게 남아 있다. 김소연 시인은 이런 사라짐을 잘 담아낸다.

상처는 순간이지만 아픔은 오래간다. 사건은 순간이지만 잔상은 오래간다. 우리는 잊은 듯 기억하고, 기억하는 듯 잊어간다. 그 미묘함을 어떻게 표현해야 할지 난감할 때 김소연의 시를 읽는다.

나도 모르는 나의 희미함에 대하여 시인은 “응, 듣고 있어”라고 말해 주는 것 같다. 그리고 내가 들을 수 없게 된 것을 누군가 대신 들어준다는 사실이 눈물이 날 듯 커다란 위로가 된다.

소금 달

정현우

잠든 엄마의 입안은 폭설을 삼킨 밤하늘,

사람이 그 작은 단지에 담길 수 있다니
엄마는 길게 한번 울었고,

나는 할머니의 마지막 김치를 꺼내지 못했다.

눈물을 소금으로 만들 수 있다면
가장 슬플 때의 맛을 알 수 있을 텐데

둥둥 뜬 반달 모양의 뭇국만
으깨 먹었다.

오늘은 간을 조절할 수 없는 일요일.

_『나는 천사에게 말을 배웠지』, 창비, 2021

김치는 일종의 솔푸드(soul food)다. 이 집 김치와 저 집 김치는 맛이 다르고, 이 고장 김치와 저 고장 김치는 재료마저 다르다. 김치라는 말은 하나지만, 각자의 영혼에 박혀 있는 김치의 맛과 형태, 색과 냄새는 제각기 다르다. 나에게는 나만의 인생이 있는 것처럼 우리에게는 저마다의 김치가 있다. 과장을 보태자면 우리의 김치는 우리나라 인구수만큼이나 다양하게 존재한다고 할 수 있다.

이 시의 중심에도 김치가 있다. 그 김치는 할머니가 담가 준 것이다. 아마도 매년 먹어본 것이어서 열어 보기도 전에 짐작할 수 있는 그런 맛일 것이다. 미각이 둔해지는 탓에 매년 조금씩 짜게 담가 보내면서도 할머니는 짜다고 생각하지 못했을 맛일 수도 있다.

맛의 기억, 특히 유년 시절에 경험했던 맛이나 어려운 시기에 단비처럼 찾아온 맛은 사람 내부에 오래오래 남게 된다. 맛은 때로 우리의 영혼에 '각인'된다.

그러니까 할머니를 잃는다는 것, 어머니를 잃는다는 것을 달리 말하자면 솔푸드와의 완전한 결별이다. 이것은 내 영혼의 일부와 작별하는 일, 영혼의 각인과 결별하는 일이다. 김치는 할머니, 어머니, 그리고 나, 이렇게 삼대를 연결하는 연결 고리면서 이승과 저승을 갈라놓는 증거가 된다. 얼마나 슬픈지 다 표현할 수도 없어서 시인은 할머니 김치를 먹을 수 없다고 썼다. 눈물 맛인지 김치 맛인지 알 수 없게 될 테니 김칫독을 열기도 두려울 것이다.

이렇게 김치란 사람의 인생이 담긴 음식 이상의 음식이다. 때로 거기엔 삼대의 삶과 기억과 영혼까지 담겨 있다. 이 정도는 되어야 김치라고 말할 수 있다. 우리가 김치를 '우리 김치'라고 말하는 데는 다 이유가 있는 것이다.

오래 한 생각

김용택

어느 날이었다.
산 아래
물가에 앉아 생각하였다.
많은 일들이 있었고
또 있겠지만,
산같이 온순하고
물같이 선하고
바람같이 쉬운 시를 쓰고 싶다고,
사랑의 아픔들을 겪으며
여기까지 왔는데 바람의 괴로움을
내 어찌 모르겠는가.

나는 이런
생각을 오래 하였다.

_『울고 들어온 너에게』, 창비, 2016

사람은 세상 없이 단 하루도 살 수가 없다. 타인의 도움이 없어도 살 수가 없다. 그렇지만 때로 세상의 시끄러움과 타인의 시선에서 벗어나야만 살 수 있다. 살아도 사는 것 같지 않다면 나를 잃어버렸다는 뜻이다. 인생이 외부의 것들에 휘둘려 왔다는 말이다. 이제는 나를 회복할 때가 되었다.

마음이 아파서 몸도 아프다면 바로 그때가 된 것이다. 나는 앓을 때면 '나의 아름다운 동굴에 갇히기 좋은 시절'이 왔다고 느낀다. 더 아프기 전에 단군신화의 마늘처럼, 쑥처럼 이 시를 들고 내면의 동굴로 들어가자. 우리에게는 "나는 이런 생각을 오래 하였다"는 저 문장이 필요하다.

나도,
생각도,
오래도,
지금의 우리에게는 아주 귀한 것이니까.

조회수가 나의 가치를 증명한다고 생각할 때도 있었다. 자격증과 명함이 나를 귀하게 만든다고 생각할 때도 있었다. 하지만 그것은 얼마나 허망한가. 그것은 얼마나 사소한가. 사람은 쉽게 잊히고 명함에는 유통기한이 있다. 세상의 숫자와 타인의 반응은 순간이고, 오랜 생각과 바람은 그것들보다 위대하다. 시인처럼 산과 물과 바람과 사랑의 마음으로 살고 싶다. 이 시를 한 해의 목표로 걸어놓고 내내 보리라.

5

나에게 말을 건네는 시

"남의 이야기인 듯하지만 결국 나에게 돌아오는 이야기,
이것이 바로 시다."

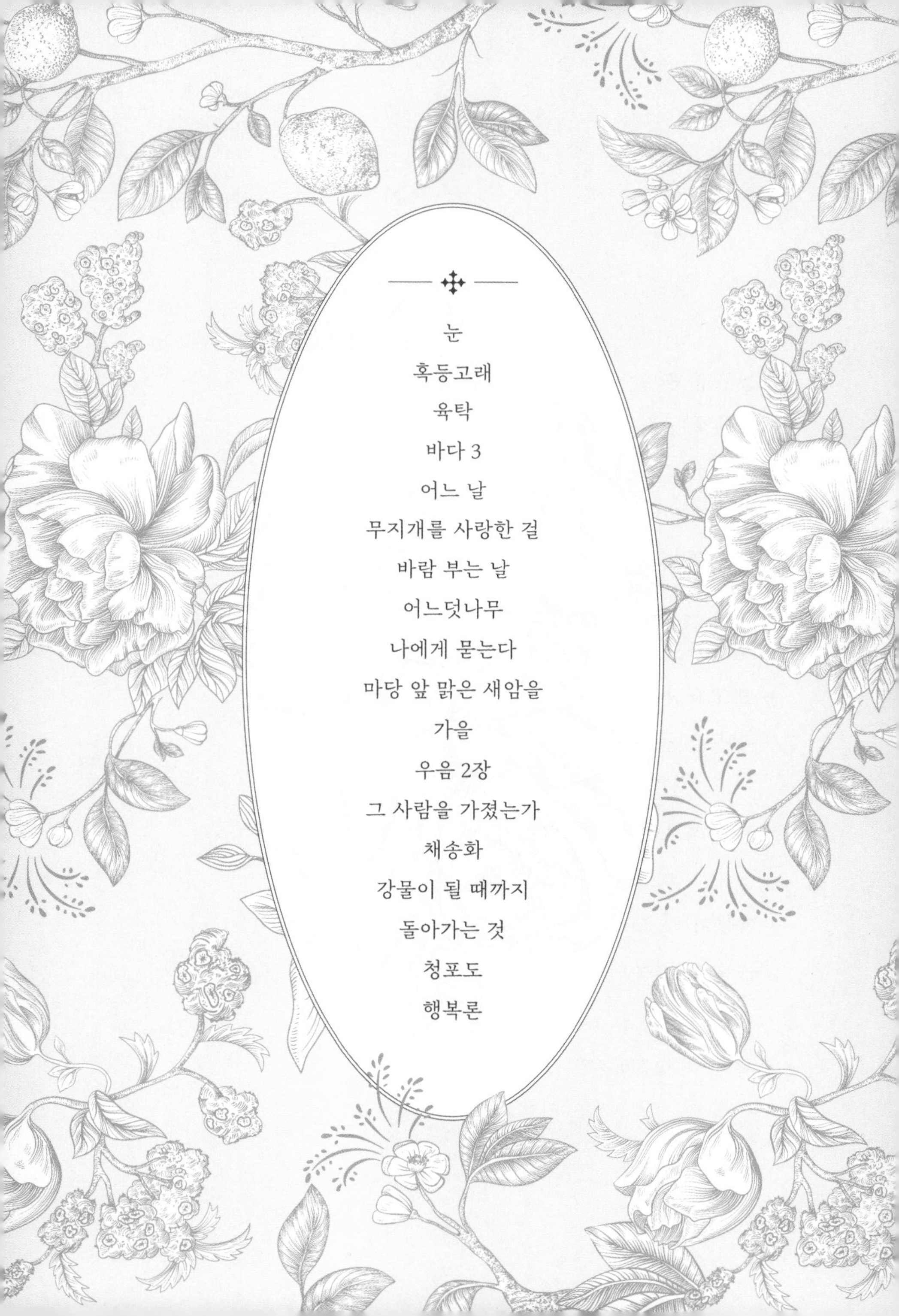

눈
혹등고래
육탁
바다 3
어느 날
무지개를 사랑한 걸
바람 부는 날
어느덧나무
나에게 묻는다
마당 앞 맑은 새암을
가을
우음 2장
그 사람을 가졌는가
채송화
강물이 될 때까지
돌아가는 것
청포도
행복론

눈

이정록

맷돌구멍 속 삶은 콩들이
쭈뼛쭈뼛 자리를 바꾸는 까닭은

너 먼저 들어가라
등을 떠미는 게 아니다

온 힘으로 몸을 굴려
눈 뜨고도 볼 수 없는 싹눈을
그 짓무른 눈망울을

서로 가려주려는 것이다

눈꺼풀이 없으니까
삶은 눈이 전부니까

_『그럴 때가 있다』, 창비, 2022

1930년대에 시인 백석은 잡지에서 “입을 다물고 생각하고 노하고 슬퍼하라”라고 권유한 적이 있다. 분노를 권한다니 조금 이상스러워 보이지만 그 당시에는 다들 고개를 끄덕였다. 식민지 시대의 시인들은 조선의 상황에 대해 분노했다. 다시 말해 절대 다수가 단 하나의 위대한 분노를 품었다는 말이다.

오늘날 하나의 분노는 없다. 위대한 분노는 갈래갈래 쪼개졌다. 우리 모두는 저마다 작은 분노의 주인이 되었다. 그리고 작은 분노는 때만 기다리고 있다. 누군가 내 어깨를 치고 간다면 쌓아놓은 분노를 터뜨릴 것이다. 일상의 불편에 대해 기꺼이 분노할 것이다. 모두 조금씩 화가 나 있다.

분노는 식고 심장이 따뜻해지길 바라자. 그 바람이 이 시를 불러왔다. 여기에는 불린 콩들이 맷돌구멍에서 뱅글뱅글 도는 장면이 나온다. 분노의 마음이라면 하찮은 콩마저 서로를 밀어대는구나, 생각했을 것이다. 그러나 시인의 마음은 저 콩들이 서로서로 도와주는구나, 해석한다. 콩은 온 힘을 다해 상대방의 짓무른 눈을 가려주고 있다. 여유가 있어서는 아니다. 콩은 나도 너도 연약하고 위태롭지만 서로를 생각한다. 내가 위태롭다고 화를 내고, 상대방이 연약하다고 화를 내지 않는다. 오늘은 저 콩에게서 다정함 한 조각을 배운다.

혹등고래

정채원

이따금 몸을 반 이상 물 밖으로 솟구친다
새끼를 낳으러
육천오백 킬로를 헤엄쳐온 어미 고래

물 밖에도 세상이 있다는 거
살아서 갈 수 없는 곳이라고
그곳이 없다는 건 아니라는 거
새끼도 언젠가 알게 되겠지

제 눈으로 제 등을 볼 순 없지만
그 혹등이 없다는 건 아니라는 거
그것도 더 크면 알게 되겠지

어미는 새끼에 젖을 물린 채 열대 바다를 헤엄친다
그런 걸 알게 될 때쯤 새끼는
극지의 얼음 바다를 홀로 헤엄치며
어쩌다 그런 이름으로 불리게 되었는지
묻지 않을 수도 있겠지

코고는 소리 윙윙거리는 소리 울음소리 신음 소리가
섞여 긴 노래가 되고

예언처럼 멀고 먼 주름투성이 바다
뻔하고 모호한
젖은 몸뚱이는

이따금 물 밖으로 힘껏 솟구친다
다른 세상을 흘낏 엿보면서
그렇게 숨을 쉬면서

혹등고래는 멀리에 있고 우리는 여기에 있다. 그러나 이 시를 읽고 나면 알게 된다. 저 고래는 우리 동네에도 살고 있구나. 가까이에는 이웃집이나 내 안에도 살고 있구나. 고래가 사는 곳을 바다라고 부른다면, 바다는 멀리 있지 않다. 그것은 우리 마음속에 있다.

고래는 제 새끼를 낳으려고 육천오백 킬로의 바다를 헤엄쳤다고 한다. 나는 내 새끼를 키우려고 육천이백 일 동안 세상을 헤치고 다녔다. 고래와 우리는 넓고 험한 세상을, 지키고 싶은 마음과 지켜야 하는 존재를 품고 꽤 오랫동안 떠돌았다.

그 사이 보이는 것이 다가 아니라는 것을 알게 된다. 세상도 이곳이 전부가 아니라는 것을 이해하게 되고, 여기에 오래 있을 수 없다는 사실이라든가 언젠가 헤어지게 된다는 사실도 배우게 된다. 혹등이라는 단어를 '마음' 혹은 '영혼'으로 대체해 읽으면 고래와 우리는 더욱 가까워진다.

“제 눈으로 볼 순 없지만 그 혹등이 없다는 건 아니라는 거.” 이런 구절은 ‘우리 눈으로 볼 순 없지만 마음이 없다는 건 아니라는 거’라고 바꿔 읽을 수 있다. 혹등을 이해하게 되면 어른 고래가 된다고, 어미 고래는 말한다. 고래도 아는 사실을 우리는 왜 자꾸 잊게 될까. 눈에 보이지 않는 것이야말로 소중한데 말이다.

육탁

배한봉

새벽 어판장 어선에서 막 쏟아낸 고기들이 파닥파닥 바닥을 치고 있다

육탁(肉鐸) 같다

더 이상 칠 것 없어도 결코 치고 싶지 않은 생의 바닥

생애에서 제일 센 힘은 바닥을 칠 때 나온다

나도 한때 바닥을 친 뒤 바닥보다 더 깊고 어둔 바닥을 만난 적이 있다

육탁을 치는 힘으로 살지 못했다는 것을 바닥 치면서 알았다

도다리 광어 우럭들도 바다가 다 제 세상이었던 때 있었을 것이다

내가 무덤 속 같은 검은 비닐봉지의 입을 열자

고기 눈 속으로 어판장 알전구 빛이 심해처럼 캄캄하게 스며들었다

아직도 바다 냄새 싱싱한,

공포 앞에서도 아니 죽어서도 닫을 수 없는 작고 둥근 창문

늘 열려 있어서 눈물 고일 시간도 없었으리라

고이지 못한 그 시간들이 염분을 풀어 바닷물을 저토록 짜게 만들었으리라

누군가를 오래 기다린 사람의 집 창문도 저렇게 늘 열려서 불빛을 흘릴 것이다
지하도에서 역 대합실에서 칠 바닥도 없이 하얗게 소금에 절이는 악몽을 꾸다 잠깬
그의 작고 둥근 창문도 소금보다 눈부신 그 불빛 그리워할 것이다
집에 도착하면 캄캄한 방문을 열고
나보다 손에 들린 검은 비닐봉지부터 마중할 새끼들 같은, 새끼들 눈빛 같은

산에는 절이 있고, 절에는 목어가 있다. 커다란 나무 물고기가 산바람을 맞아 흔들리는 모양을 보면 의아할 수밖에 없다. 산에 무슨 물고기인가. 물고기와 부처는 무슨 관계인가. 오래된 물고기 전설 때문이라는 말도 있고, 물고기처럼 눈을 감지 말고 정진하라는 뜻이라고도 한다. 이 목어가 작아지고 둥글게 변하면 우리가 아는 목탁이 된다. 그러니까 스님들이 두드리는 목탁이란 아주 먼 옛날, 먼 바다의 물고기로부터 왔다는 말이다.

이런 사정 때문일까. 목탁을 보면서 물고기를 떠올리는 우리 앞에 배한봉 시인은 비슷하면서도 전혀 다른 생각을 제시한다. 그는 물고기로부터 목탁이 아닌 '육탁'을 건져낸다. 새벽 어판장, 살아 있는 물고기들이 뭍에 나와 펄떡인다. 온몸으로 바닥을 두드리면서 소리를 내는 것이 꼭 몸으로 치는 목탁 같다.

생의 가장 비참한 순간은 가장 괴로운 순간이고, 가장 살고 싶은 순간이다. 그때에는 할 수 없는 일이 많지 않을 것이다. 죽을 힘을 다해서 몸부림칠 수밖에 없다. 시인은 물고기가 펄떡거리는 그 새벽을 활기찬 시장이라거나 용솟음치는 생명력이라고 표현하지 못한다. 바닥을 치는 온몸의 두드림에서 자기 자신을 보았기 때문이다.

우리는 시에서 물고기를 보았는데, 물고기만 보지 않았다. 시 안에는 비린내 대신 눈물 냄새, 사람 냄새, 진땀 냄새가 가득하다. '육탁'이라는 말을 오늘 처음 들었는데, 그것을 이미 좀 알고 보고 겪은 느낌마저 든다. 남의 이야기인 듯하지만 결국 나에게 돌아오는 이야기, 이것이 바로 시다.

바다 3

정지용

외로운 마음이
한종일 두고

바다를 불러—

바다 우로
밤이
걸어온다.

『논어』에 '지자요수(知者樂水) 인자요산(仁者樂山)'이라는 말이 있다. 지혜로운 사람은 물을 좋아하고 인자한 사람은 산을 좋아한다는 뜻이다. 등산하시는 분들이 특히 이 구절을 좋아한다. 역시 지자보다는 인자가 더 우위에 있다고 생각하기도 한다. 그렇지만 우열이 무슨 상관이랴. 바다와 산은 서로 대결하지 않는다. 한 사람의 인생에 바다와 산이 차례대로 왔다 가기도 한다. 시인 정지용에게도 그랬다.

정지용 시인은 젊어서 바다의 시를 여러 편 썼고 조금 더 나이 들어서는 산의 시를 썼다. 바다의 시는 감각적으로 탁월하고 산의 시는 정신적으로 깊이 있다. 둘 중에서 무엇이 더 나으냐고 묻는다면 대답할 수 없다. 하지만 무엇을 더 좋아하느냐고 물으면 대답할 수 있다. 아직 덜 인자하고 나중에 지혜롭고 싶은 것인지 나는 정지용의 바다 연작을 좋아한다.

그중 하나가 이 시다. 여섯 줄이 전체인 시. 그것만으로도 꽉 차 있는 시. 이 시를 보면 커다란 밤바다 앞에 서 있는 한 사람, 유난히 키가 작았다던 정지용이 보인다. 사람이 바다보다 클 수는 없다. 그렇지만 밤바다 전체를 앞에 두고도 이 시인은 작지 않다. 그의 외로운 마음은 바다도 밤도 불러낼 만큼 크다.

어떻게 백 년 전에 이런 시를 썼을까. 그에게는 시 학교도, 시 선생도 없었다. 충북 옥천 출생이니 바다를 일찍이 접했던 것도 아니다. 공부하러 일본을 오고 가는 뱃길에서 그는 바다를 보았다. 외로운 갑판에서 홀로 써 내려갔을 시는 백 년을 넘어 살아 있는 시가 되었다. 이 시인은 천재이고 그의 시집은 시인들의 교과서라는 말이 과장이 아니다.

어느 날

김상옥

구두를 새로 지어 딸에게 신겨주고
저만치 가는 양을 물끄러미 바라보다
한 생애 사무치던 일도 저리 쉽게 가겄네.

1970년대에 발표된 초정 김상옥 시인의 시조 한 편이다. 짧고도 간결한 삼행시라 읽기 매끄럽다. 내용상으론 하나도 슬플 것이 없다. 새 구두와 소중한 딸이 등장할 뿐이다. 그런데 이상하게 조금 눈물이 난다.

반짝거리는 구두를 신고 사뿐사뿐 경쾌하게 걸어갈 어린 딸은 주인공이 아니다. 이 시의 주인공은 사람이 아니라 '다 지나간 한 생애'이다. 그리고 그 생애를 채웠던 '사무치던 일'이다. 사무침이 어디 쉽게 없어질까. 그렇지만 시인은 그 모든 서러움을 세월 따라 흘려보내야 한다는 것을 알아버렸다.

그것을 알기 위해서는 마음을 깎아내고, 가슴을 오래 치고, 손발이 거칠어질 만큼의 세월이 필요했을 것이다. 작품이 발표되던 때의 시인은 50대였다. 지천명의 나이가 넘으면 나도 알게 될까. 사무치던 일을 마음에 박아 두지 않고 딸의 뒷모습을 보면서 흘려보낼 수 있을까. 이런 생각을 하게 만드는 원숙미의 작품이다.

무지개를 사랑한 걸

허영자

무지개를 사랑한 걸
후회하지 말자

풀잎에 맺힌 이슬
땅바닥을 기는 개미
그런 미물을 사랑한 걸
결코 부끄러워하지 말자

그 덧없음
그 사소함
그 하잘 것 없음이

그때 사랑하던 때에
순금보다 값지고
영원보다 길었던 걸 새겨두자

눈멀었던 그 시간
이 세상 무엇과도 바꾸지 않을
기쁨이며 어여쁨이었던 걸
길이길이 마음에 새겨두자.

고향에 간다는 것은 가족 친지를 만난다는 것 외에 다른 의미가 있다. 고향에 가는 것은 일종의 '돌아감'이다. 그곳에는 지금과는 다른 나, 즉 과거의 내 모습이 여운처럼 남아 살고 있다. 그러니까 비유하자면 고향에 가는 일은 과거로 시간여행을 하는 것과 같다.

내가 어린이였을 때 뛰어놀던 장소들을 보게 되면 그때의 장면이 눈앞에 보이는 듯하고, 그때의 어린 자신이 마음 안에서 살아나는 듯하다. 사람들은 이런 기억이나 현상을 '추억'이라고 부른다. 고향은 어린 시절의 추억이 층층이 쌓인 곳이어서 우리로 하여금 과거로 돌아가게 만든다.

이 시는 나에게 고향을 돌려준다. 고향에 가지 않아도 유년의 추억과 눈부심을 만나게 해준다. 과거의 어린 추억이 지닌 가치를 '무지개를 사랑한 일'이라고 표현하면서 우리의 과거를 정리해준다.

쪼그리고 앉아 풀잎에 맺힌 이슬을 한참 바라보는 아이였다, 우리는. 개미를 신기하게 관찰하는 아이였다, 우리도. 미물을 사랑했던 그 행동들은 참으로 순수한 기쁨으로 가득 차 있었다.

시인은 그 순수한 기쁨이야말로 소중하다는 점을 강조하고 싶었던 것이다. 작은 것에도 눈을 반짝이던 그 시절은 이미 무지개처럼 사라졌다. 그렇지만 이 시를 보면서 기억을 불러낸다. 우리는 순수했구나. 어린 시절은 무지개처럼 아름다웠구나. 나도 예전에는 아름다웠구나.

바람 부는 날

민영

나무에
물오르는 것 보며
꽃 핀다
꽃 핀다 하는 사이에
어느덧 꽃은 피고,

가지에
바람부는 것 보며
꽃 진다
꽃 진다 하는 사이에
어느덧 꽃은 졌네.

소용돌이치는 탁류의 세월이여!

이마 위에 흩어진
서리 묻은 머리카락 걷어올리며
걷어올리며 애태우는
이 새벽,

꽃피는 것 애달파라
꽃지는 것 애달파라.

_『민영 시전집』, 창비, 2017

봄이 오면 꽃이 핀다. 꽃이 피면 지게 된다. 맺히고, 피고, 지는 모든 과정을 한 달 안쪽의 짧은 시간에 모조리 볼 수 있다. 꽃의 인생을 보면 아름답기만 할까. 그것은 유의미하고 유정한 일이기도 하다. 꽃의 일생을 통해 우리의 일생을 돌아볼 수 있기 때문이다.

남의 삶은 곧잘 구경해도 제 인생 전체를 보지 못하는 게 사람이다. 누구에게나 맺힘의 소중함이, 피어남의 찬란함이, 지는 꽃의 눈부심이 있을 텐데 자주 잊고 산다. 그러니 봄꽃이 피었다 지는 것은 우리의 인생이 꽃과 다르지 않음을 일러주려는 자연의 깊은 뜻인지도 모르겠다.

이런 생각이 혼자만의 것이라고 여길 수 없다. 시가 참 놀라운 점이 바로 이것이다. 자신만의 외로운 생각인가 싶다가도 시를 읽다 보면 비슷한 동지, 딱 맞는 표현을 찾게 된다.

꽃 핀다 핀다 하는 사이에 꽃이 피고, 꽃 지네 지네 하는 사이에 꽃이

진다. 오는 세월 가는 세월이 확연해 꽃 피고 지는 것이 모두 애달프다. 시인의 말 속에 꽃 본 듯 되돌아보는 인생의 흐름이 들어 있다. 그래서 꽃을 볼 때마다, 봄을 생각할 때마다 이 시를 떠올리게 된다.

어느덧나무

심재휘

작고 붉은 꽃이 피는 나무가
있었다

어김없이
꽃이 진다고 해도 나무는
제 이름을 버리지 않았다

어김없이 어느덧
흐릿한 뒤를 돌아보는 나무
제가 만든 그늘 속으로 들어갈 수는 없었다

어느덧나무 어느덧나무
제 이름을 나지막하게 불러보는 나무를
떠나간 사랑인 듯 가지게 된 저녁이 있었다

출가한 지 오래된 나무여서
가까이할 수 있는 것은 이름밖에 없었다

_『용서를 배울 만한 시간』, 문학동네, 2018

“옛적에 누가 살았다.” 이런 첫 문장은 항상 기대된다. 책을 펼친다면 그 시작은 항상 이런 문장 때문이었다. 내가 가보지도 않았고 살지도 않았던 시절에, 내가 살아보지 못한 인생이 하는 말이 너무 궁금해서 남의 글을 읽는다.

‘작고 붉은 꽃이 피는 나무가 살았다’는 이 시의 첫 문장이 너무 좋다. 시인은 어디서 나무를 만났을까. 작고 붉은 꽃은 얼마나 작고 또 얼마나 붉었을까. 시인의 그 나무는 사실 나무가 아니라 다른 무엇이었을 것 같은데, 그것을 어디에 감춰두었을까. 나무는 잊지 않으려는 듯 자신의 이름을 부르고 불렀다고 했다. 나무 아닌 것이 ‘어느덧’ 나무가 되었다는 말로도 읽힌다.

나도 이런 나무가 될 수 있을까. 마음속 나무에게 가장 사랑스러운 이름을 붙여주고, 그 이름을 간절히 부르면 나도 분명한 존재가 될 수 있을까. 꽃을 피웠다고 혼나지 않고, 꽃을 떨궜다고 비난받지 않고, 꽃이 피면 피는 대로, 꽃이 지면 또 지는 대로 그저 나무일 수 있을까. 그대로, 너대로, 네 이름대로 살렴. 이 시는 그렇게 응원하는 듯하다.

나에게 묻는다

이산하

꽃이 대충 피더냐.
이 세상에 대충 피는 꽃은 하나도 없다.
꽃이 소리 내며 피더냐.
이 세상에 시끄러운 꽃은 하나도 없다.
꽃이 어떻게 생겼더냐.
이 세상에 똑같은 꽃은 하나도 없다.
꽃이 모두 아름답더냐.
이 세상에 아프지 않은 꽃은 하나도 없다.
꽃이 언제 피고 지더냐.
이 세상의 꽃들은 모두
언제나 최초로 피고 최후로 진다.

문답법은 일종의 화술이요, 수사학이다. 질문과 대답이 이어지면 그것은 일종의 담론이 된다. 이것은 공자라든가 소크라테스가 잘 보여준 바 있다. 평범한 질문에 특별한 대답이 따라오면 우리는 깨달음이라고 부른다. 왜 산에 사냐고 물었더니 그저 웃음으로 대답했다는 이백의 '산중문답'이 이런 깨달음이다. 그리고 이 시도 평범한 질문에 특별한 대답이 더해진 깨달음의 작품이다.

모든 시의 출발은 뭔가 물어보는 행위에서 비롯된다. 질문에 대해 남과 똑같은 대답만 내놓으면 시인이 될 수 없다. 시인은 자기만의 대답을 생각하고, 대답을 꿈꾸고, 대답을 살고 싶어한다. 대답을 오래 쥐고 궁리하면서 서서히 진짜 시인이 되어간다.

이 시에는 모두 다섯 개의 질문과 다섯 개의 대답이 들어 있다. 질문은 엄한 선생님의 것 같고 대답은 배움을 구하려는 제자의 것 같다. 그러나 사실 한 사람이 묻고 대답했다. 정확히는 이산하 시인이 묻고 그의 평생이 대답했다. 질문에 달린 대답 하나하나가 모두 각오고 깨달음이다.

대충 피는 꽃은 없다는 대답은 사실을 진술하는 것이 아니다. 대견한 꽃을 함부로 해서 되겠느냐는 다짐이다. 세상에 똑같은 꽃은 하나도 없다는 대답 역시 마찬가지다. 모두 다르게 태어난 꽃이 하나하나 귀하다는 말이다. 자꾸 읽고 듣고 싶다. 귀하다, 귀하다, 생명이 귀하다.

마당 앞 맑은 새암을

김영랑

마당 앞
맑은 새암을 들여다본다

저 깊은 땅 밑에
사로잡힌 넋 있어
언제나 먼 하늘만
내려다보고 계심 같아

별이 총총한
맑은 새암을 들여다본다

저 깊은 땅속에
편히 누운 넋 있어
이 밤 그 눈 반짝이고
그의 겉몸 부르심 같아

마당 앞
맑은 새암은 내 영혼의 얼굴

나는 '영랑'이라는 시인의 이름을 좋아한다. '명랑'도 아니고 '영롱'도 아닌 이름이 아름다워서 그의 부모는 아들이 시인이 될 줄 알았나 싶었다. 그런데 알고 보니 김윤식이라는 본명이 따로 있었다. 다시 말해 윤식으로 태어난 한 인간이 스스로 이름을 찾았고 그 이름으로 남은 셈이다. 윤식과 영랑, 그 사이의 간극은 참 부럽다.

김윤식이 자신을 영랑이라 부르게 된 이유랄까 힘 같은 게 이 작품 안에 있다. 이 시의 주된 행위는 '들여다본다'이다. 마당 앞 샘을 본다고 말했지만 사실은 자기 영혼을 들여다보는 것이다.

처음 발표할 때는 제목이 없었다. 김영랑은 애당초 시에 제목 같은 건 붙이지 않았다. 1935년의 『영랑 시집』을 보면 모든 제목 자리에 번호만 매겨져 있다. 거기서 이 작품은 50번으로 불렸다. 시에 제목이 없는 까닭은 모든 시의 제목이 '영랑'이라는 이름 하나로 압축되었기 때문일까. 시인에게는 제목 찾기보다 영혼 찾기가 더 중요했나 보다.

영랑은 샘을 열심히 들여다보았는데 나는 오늘 무엇을 보았나. 고백하건대 휴대전화를 들여다보았다. 거기에는 나의 영혼이 없다. 어딘가의 샘에 갇혀 있을 내 영혼에게 미안해진다.

가을

강은교

기쁨을 따라갔네
작은 오두막이었네
슬픔과 둘이 살고 있었네
슬픔이 집을 비울 때는 기쁨이 집을 지킨다고 하였네
어느 하루 찬바람 불던 날 살짝 가보았네
작은 마당에는 붉은 감 매달린 나무 한 그루 서성서성
눈물을 줍고 있었고
뒤에 있던 산, 날개를 펴고 있었네

산이 말했네

어서 가보게, 그대의 집으로……

_『어느 별에서의 하루』, 창비, 1996

시에는 항상 여백이 있다. 여백의 많고 적음에서 차이가 있을 뿐이다. 어떤 시는 여백이 적은 대신 시인의 꽉 찬 감정을 충만하게 전해준다. 밥을 수북이 담은 배부른 시라고나 할까.

어떤 시는 여백이 많아서 우리로 하여금 움직이게 만든다. 직접 일어나서, 저 여백을 너의 이야기로 채워라. 여백이 많은 시는 이렇게 주문한다. 이를테면 강은교의 「가을」이 바로 이런 시다. 시인은 세상의 윤곽만 그려놓고는, 많은 부분을 우리가 채우도록 한다. 시에서의 채움이 정신적 여행이라면 우리에게는 이 여행을 마다할 이유가 없다.

기쁨과 슬픔이 사는 곳을, 우리는 바라본다. 아무래도 그림 같고, 어떻게든 눈이 부셔서 작은 오두막을 눈여겨본다. 우리 사는 곳처럼 메마르지 않았을 것이고, 운이 좋으면 기쁨을 만날 수 있으니 가고 싶다는 생각도 든다. 그래서 서성거렸다. 힐끔거렸다. 그랬더니 더 큰 산이 말했다. 너 자신의 집으로 어서 가라고.

이것이 여행의 스토리이고, 그 끝에 선 각자는 저마다의 상상에 빠진다. 기쁨과 슬픔이 사는 오두막은 나의 것이 아니다. 그것은 마치 잡히지 않는 파랑새와도 같다. 혹은 현실이 싫어 찾은 도피처 같은 곳이다. 그래서 오늘도 우리는 전쟁 같은 현실로 돌아간다. 힘겹기에 사랑하고 사랑해서 힘겨운 집으로 돌아간다.

단, 이것은 내 여백의 이야기이다. 당신에게는 당신만의 여백이 존재하는 법. 지금 이 시는 당신의 슬픔과 기쁨과 집의 이야기를 기다리고 있다.

우음(偶吟) 2장

구상

1

나는 내가 지은 감옥 속에
갇혀 있다.

너는 네가 만든 쇠사슬에
매여 있다.

그는 그가 엮은 동아줄에
묶여 있다.

우리는 저마다 스스로의
굴레에서 벗어났을 때

그제사 세상이 바로 보이고
삶의 보람과 기쁨도 맛본다.

2

앉은 자리가 꽃자리니라!

네가 시방 가시방석처럼 여기는
너의 앉은 그 자리가
바로 꽃자리니라.

1919년, 3·1운동이 일어나던 그해에 시인 구상은 태어났다. 아버지 세대, 형님 세대의 만세 운동을 듣고 자랐을 시인은 자라서 필화 사건을 겪게 되었고 결국 남으로 내려올 수밖에 없었다. 그 후로 그는 죽을 때까지 시인의 삶에 소홀하지 않았다.

구상 시인이라고 하면 예전에는 「초토의 시」를 가장 많이 떠올리곤 했다. 모의고사의 힘이랄까. 교과서와 문제집을 통해 이 시인을 접한 청소년들이 퍽 많았다. 그런데 최근에는 사람들이 자발적으로, 구상의 다른 시를 더 기억하고 찾는 듯하다. 그것은 대중에게는 「꽃자리」로 많이 알려진, 바로 이 작품이다.

원래 제목은 「우음 2장」이다. '우음'이란 우연히 읊은 시라는 뜻이다. 같은 제목의 한시도 많고 그중에는 유명한 시도 여럿이어서 제목만 듣고 바로 구상 시인을 연상하기는 어렵다. 그래서 사람들은 '꽃자리'라는 제목으로 이 시를 더 잘 기억한다.

대부분의 사람은 이 시를 읽으면서 바로 자신의 상황을 떠올린다. 그만큼 누구에게나 가시방석 같은 상황이 있었거나, 있다는 뜻이다. 읽은 후의 반응은 딱 둘로 나뉜다. 자신의 자리가 불편하지만 꽃자리가 될 수 있다는 생각. 반대로 가뜩이나 힘든데 잔소리를 들었다는 생각.

어떤 마음을 선택하든 개인의 자유지만 요즘의 누군가에게는 더욱이 '꽃자리'의 덕담이 절실히 필요할지도 모른다. 자리가 불안한 사람들, 미래가 불안한 마음에게 가서 닿아라, 펼쳐져라, 저 꽃자리.

그 사람을 가졌는가

함석헌

만 리 길 나서는 날
처자를 내맡기며
맘 놓고 갈 만한 사람
그 사람을 그대는 가졌는가

온 세상 다 나를 버려
마음이 외로울 때에도
"저 맘이야" 하고 믿어지는
그 사람을 그대는 가졌는가

탔던 배 꺼지는 시간
구명대 서로 사양하며
"너만은 제발 살아 다오" 할
그 사람을 그대는 가졌는가

불의의 사형장에서
"다 죽여도 너희 세상 빛을 위해
저만은 살려 두거라" 일러 줄
그 사람을 그대는 가졌는가

잊지 못할 이 세상을 놓고 떠나려 할 때
“저 하나 있으니” 하며
방긋이 웃고 눈을 감을
그 사람을 그대는 가졌는가

온 세상의 찬성보다도
“아니” 하고 가만히 머리 흔들 그 한 얼굴 생각에
알뜰한 유혹을 물리치게 되는
그 사람을 그대는 가졌는가

드라마 「응답하라 1988」의 배경은 서울 쌍문동이다. 사실 쌍문동에서 가장 유명한 사람은 바둑기사 '택이'가 아니라 함석헌 시인이다. 서울 도봉구 쌍문동은 함석헌 선생이 말년에 살았던 곳이고, 2015년에는 그 자리에 함석헌 기념관이 개관하기도 했다.

'함석헌' 하면 많은 사람들이 씨알사상과 「그 사람을 가졌는가」를 떠올린다. 특히 이 작품은 어렵지 않고 감동적이어서 대중과 친숙해질 수 있었다. 「그 사람을 가졌는가」를 읽으면 첫째, 함석헌 시인의 사상과 생애가 떠오르면서 마음이 먹먹해진다. 그리고 둘째, 나에게는 '그 사람'이 있는지 주변 사람들을 돌아보게 된다. 끝으로, 나는 과연 다른 누군가에게 '그 사람'인지 생각하면서 참회의 마음가짐을 갖게 된다.

나한테는 그 사람이 있을까. 나는 그 사람이 되고 있는가. 함석헌 선생의 말을 빌리자면 삶을 살아가는 과정은 '그 사람'이 되는 일, '그 사람'을 가지고 지키는 일이다.

채송화

송찬호

이 책은 소인국 이야기이다

이 책을 읽을 땐 쪼그려 앉아야 한다

책 속 소인국으로 건너가는 배는 오로지 버려진 구두 한 짝

깨진 조각 거울이 그곳의 가장 큰 호수

고양이는 고양이 수염으로 알록달록 포도씨만 한 주석을 달고

비둘기는 비둘기 똥으로 헌사를 남겼다

물뿌리개 하나로 뜨락과 울타리

모두 적실 수 있는 작은 영토

나의 책에 채송화가 피어 있다

_『고양이가 돌아오는 저녁』, 문학과지성사, 2009

큰 서점에 가면 단기간에 큰 변화를 모색하는 화려한 책들이 앞자리에 앉아 있다. 그런데 나는 유능한 책보다는 이슈도 일으키지 못하고, 먼지를 쓰고 천천히 늙어가는 책들을 좋아하는 편이다. 어려서 아버지가 읽던 책들이 그랬고, 아버지가 쓴 책들이 그랬기 때문에 가까운 친척을 만난 듯 정중해진다.

책뿐만 아니라 인생에서도, 사람 중에도, 식물 가운데에도 조용하고 눈에 띄지 않는 그런 부류가 있다. 많은 사람들이 인정해주지 않아도 분명히 세상의 한 자리를 차지하는 모든 것은 소중하다.

소중한 작은 것을 발굴하고 아끼는 마지막 분야가 있다면 아마 '시'가 되지 않을까 싶다. 없는 것 같지만 있는 것. 안 중요한 것 같지만 중요한 것. 이것은 시의 영원한 주제다. 그리고 송찬호 시인은 이 영원한 주제를 즐겨 다룬다.

이 시는 내가 시를 읽는 이유다. 이제 시를 함께 읽는 동지들이 많이 사라진 마당이면서도, 여전히 시를 읽지 않을 수 없는 이유가 바로 이 시에 들어 있다. 바로 '채송화' 말이다.

채송화는 키도 작고 크기도 작은 꽃이다. 시인은 길을 가다 멈추고 불편하게 쪼그리고 앉아 애써 채송화에 눈높이를 맞춘다. 흔하디흔한 그것을 시인은 귀한 분 보듯이 감탄하며 바라본다.

많은 의미도 부여한다. 그래서 시인의 눈에서 채송화는 소인국이라는 나라 수준으로 재탄생된다. 소인국을 장식하고 기리기 위해서 '무려' 깨진 거울 조각과 고양이 수염과 비둘기 똥이 동원되었다. 그것들이 모여 소인국의 역사와 개성을 만들었다.

시인은 작은 존재가 지닌 놀라운 우주를 담아내고 있다. 작다고 해서 누구라도 함부로, 함부로 대해서는 안 되는 것이다.

강물이 될 때까지

신대철

사람을 만나러 가는 길에
흐린 강물이 흐른다면
흐린 강물이 되어 건너야 하리

디딤돌을 놓고 건너려거든
뒤를 돌아보지 말 일이다
디딤돌은 온데간데없고
바라볼수록 강폭은 넓어진다
우리가 우리의 땅을 벗어날 수 없고
흐린 강물이 될 수 없다면
우리가 만난 사람은 사람이 아니고
사람이 아니고
디딤돌이다

_『무인도를 위하여』, 문학과지성사, 1977

많은 생각을 불러오는 작품이다. 얼핏 보면 풍경만 보인다. 지금, 한 사람이 바짓단을 걷고 강물을 건너가려고 한다. 그는 다른 누군가를 만나러 가는 길이다. 그런데 주저한다. 강물이 흐린데 저 강물에 발을 어찌 담글까. 그래서 그는 디딤돌을 놓는다. 천천히, 단단히, 그리고 안전하게 디딤돌로 건너려고 한다.

이 시가 많은 생각을 불러오는 이유는 이러하다. 신대철 시인의 시는 인생을 말하고 있다. 사람과 사람이 만나고, 의미를 낳고, 살아가는 삶을 말하고 있다. 그는 나아가 삶의 두려움과 불안함, 용기와 현명함에 대해서도 말하고 있다. 그러니 이 시는 단순한 풍경, 한 사람이 강물을 건넜다는 이야기를 넘어서 있는 것이다.

우리는 자주 주저하고, 불안하고, 겁을 먹는다. 우리가 특히 모자라서가 아니다. 삶이니까 불안하고, 사람이니까 겁이 난다. 그런데 가끔이 아니라 항상 두려워한다면 어떠할까. 흐린 강물에 발을 담그기를 두려워한다면, 언제까지나 디딤돌 위에 발을 올리고 있다면 어떠할까.

시인은 디딤돌 위에서 떨고 있는 우리에게 말을 건넨다. 괜찮아, 흐린 강물도 강물이야. 강물에 발을 넣어도 돼, 건널 수 있어. 이렇게 용기를 준다. 인생의 한 디딤돌에서 다른 한 디딤돌로 발걸음을 옮길 때 시인은, 다른 방법도 있다고 말해준다. 그러면서 시인은, 디딤돌이라는 수단만 바라본다면 정작 중요한 것을 만나지 못한다고도 말해준다.

우리는 때로 용감해지고 싶다. 그래서 누군가 움츠러든 내 어깨를 두드리면서 용기의 기운을 전달해주기를 내심 바란다. 이 시가 바로 그런 시다.

돌아가는 것

이영광

요 몇 해,
쉬 동물이 되곤 했습니다

작은 슬픔에도 연두부처럼
무너져 내려서,
인간이란 걸 지키기 어려웠어요

당신은 쉽습니까
그렇게 괴로이
웃으시면서

요 몇 해,
자꾸 동물로 돌아가곤 했습니다

눈물이라는 동물
동물이라는 눈물

나는, 돌아가는 것이었습니다

_『끝없는 사람』, 문학과지성사, 2018

‘사람’이라는 말과 ‘인간’이라는 말은 같지만 다르다. 사람이라는 단어에는 따뜻한 피와 다정한 눈빛이 담겨 있다. 더 생각하면 각양각색의 표정마저 떠오르고 마는, 사람이라는 말은 우리 모두를 품어 준다.

그런데 인간이라는 말은 인간과 인간 아닌 것들을 구분하려는 뜻이 강하다. 종으로서의 인간이 다른 유인원들보다 얼마나 뛰어난가. 인간은 로봇보다 얼마나 창의적인가. 바로 이런 자부심이 인간이라는 말에 들어 있다. 간단히 말해 사람이 다정한 말, 안아주는 말이라면 인간은 차가운 말, 구별하는 말이다.

나는 인간으로 태어났지만 죽을 때는 사람이고 싶다. 이런 소망은 이영광 시인의 작품을 통해 지지를 받곤 한다. 시인은 아주 간절히 ‘사람되기’를 노래하기 때문이다. 때때로 그 노래가 몹시 지치고 어둡게 들리는 것을 보면서 새삼 깨닫기도 한다. 사람이 된다는 것은 참으로 어려운 일이구나.

이 시에서도 이야기하듯 사람은 지극한 슬픔과 연민, 눈물과 고통을 안다. 넘어지고 울고 절망의 바닥을 치는 게 사람이다. 나아가 남이 넘어지면 함께 울고 함께 바닥을 칠 줄도 안다. 그래서 힘들다. 사람이 되는 것도 힘들고 계속해서 사람이기는 더 힘들다.

종종 "어떻게 사람이 그럴 수 있어"라든가 "나도 사람이야" 같은 말을 듣곤 한다. 어디선가 이런 말을 하고, 듣고, 결국은 낙담하게 될 때 이 시를 읽는다.

시는 어디 있는가.
시는 사람이기를 포기하지 않는 사람들 사이에 있다.

청포도

이육사

내 고장 칠월은
청포도가 익어가는 시절

이 마을 전설이 주절이주절이 열리고
먼데 하늘이 꿈꾸며 알알이 들어와 박혀

하늘 밑 푸른 바다가 가슴을 열고
흰 돛단배가 곱게 밀려서 오면

내가 바라는 손님은 고달픈 몸으로
청포를 입고 찾아온다고 했으니

내 그를 맞아 이 포도를 따먹으면
두 손은 함뿍 적셔도 좋으련

아이야 우리 식탁엔 은쟁반에
하이얀 모시 수건을 마련해두렴

시인들의 대표 시집을 이것저것 들춰보는데 손에 잡힌 이육사의 선집이 유독 얇다. 그에게는 시를 쓸 시간이 많지 않았다. 지상에 머문 시간은 겨우 40년이었다. 시인의 길 하나에 매진할 수도 없었다. 그에게는 어떤 목표보다 민족과 독립이라는 절절한 마음이 먼저였다.

당시 문인들이 밤늦게까지 술을 마실 때, 육사는 누구에게도 지지 않는 말술이면서도 슥 사라지곤 했다고 한다. 대다수는 육사가 연인을 만나러 갔다고 추측했다. 그러나 그 연인은 사람이 아니라 독립이었을 것이라고, 육사를 가장 사랑했던 친구 시인 신석초는 훗날 회상했다.

다정한 친구들을 뒤로하고 밤길을 걷던 육사의 마음은 어떠했을까. 그는 퇴계의 후손이고 영남의 명문가라는 타이틀을 개인 영달을 위해 사용하지 않았다. 그 대신 집안과 명예를 통해 바르게 배운 대로 삶을 살아나갔다. 쓸쓸한 그의 밤길을 비추던 것은 시 「청포도」와 같은 빛이었다.

사람을 비추고 인도하는 크고 바른 빛을 우리는 '이상'이라고 말한다. 이 시가 위대한 건 바로 그 이상이 태양만큼 밝기 때문이다. 저런 불빛들에 기대어 우리는 엄혹한 시절을 건너왔다. 그래서 이 시를 읽을 때면 미안하고 고맙다.

행복론

조지훈

1

멀리서 보면
보석인 듯

주워서 보면
돌멩이 같은 것

울면서 찾아갔던
산 너머 저쪽.

2

아무 데도 없다
행복이란

스스로 만드는 것
마음 속에 만들어 놓고

혼자서 들여다보며
가만히 웃음짓는 것.

(후략)

1967년 10월 27일. 한 일간지에 조지훈의 시 「행복론」이 실렸다. 그로부터 많은 세월이 흘렀다. 그 사이에 사람은 죽고, 사람은 태어나고, 사람은 울고, 사람은 웃었다. 오랜 시간이 지났는데 행복에 대한 생각은 변했을까 변하지 않았을까 궁금해서 조지훈 시인의 시를 읽는다.

행복에 관해 가장 널리 알려진 정설은 마테를링크의 '파랑새'다. 행복은 생각보다 가까운 곳, 아주 평범한 모습으로 있더라는 이야기 말이다. 이 시를 조금만 읽으면 '파랑새' 이야기와 크게 다르지 않아 보인다. 그러나 자세히 들여다보면 다르다.

'파랑새'의 행복은 집 안에 있었지만, 조지훈의 행복은 집 안에도 있지 않았다. 집보다 더 가까운 곳, 더 깊숙한 곳, 바로 마음 안에 행복이 있다고 시인은 말한다. 게다가 행복은 거기에 있을 수도 있고, 없을 수도 있다. '일체유심조'라, 한 점 형태도 없는 마음 자락이 오늘을 천국으로 만들기도 하고 지옥으로 망치기도 한다.

시를 읽고 오늘의 행복을 생각한다. 행복을 위해 할 일이 생겼다. 파랑새도 없는 집 안에, 파랑새처럼 잠든 아이의 귓가에 대고 '세상에서 가장 힘이 센 것은 네 마음이란다'라고 속삭여줘야겠다.

단 한 줄만
내 마음에
새긴다고 해도

나민애의 인생 시 필사 노트

초판 1쇄 발행 2025년 6월 11일

지은이 나민애
펴낸이 김선준, 김동환

편집이사 서선행
책임편집 최구영 **편집3팀** 최한솔 오시정 **디자인** 정란
마케팅팀 권두리 이진규 신동빈
홍보팀 조아란 장태수 이은정 권희 박미정 조문정 이건희 박지훈 송수연 김수빈
경영지원 송현주 윤이경 임해랑 정수연

펴낸곳 ㈜콘텐츠그룹 포레스트 **출판등록** 2021년 4월 16일 제2021-000079호
주소 서울시 영등포구 여의대로 108 파크원타워1 28층
전화 070)4203-7755 **팩스** 070)4170-4865
홈페이지 www.forestbooks.co.kr **이메일** kychoi@forestbooks.co.kr
종이 ㈜월드페이퍼 **출력·인쇄·후가공** 더블비 **제본** 책공감

ISBN 979-11-94530-39-8 (03800)